A LOUCA DE LOUÇA

Maria Carmem Barbosa

A LOUCA DE LOUÇA

Crônicas e poemas

Copyright © 2005 *by* Maria Carmem Barbosa

As crônicas reunidas neste livro foram publicadas
originalmente no jornal *O Globo* de 1989-91

Direitos desta edição reservados à
EDITORA ROCCO LTDA.
Rua Rodrigo Silva, 26 – 4º andar
20011-040 – Rio de Janeiro – RJ
Tel.: (21) 2507-2000 – Fax: (21) 2507-2244
rocco@rocco.com.br
www.rocco.com.br

Printed in Brazil/Impresso no Brasil

preparação de originais
ANNA BUARQUE

CIP-Brasil. Catalogação-na-fonte.
Sindicato Nacional dos Editores de Livros, RJ.

	Barbosa, Maria Carmem
B199L	A louca de louça: crônicas e poemas/Maria Carmem Barbosa. – Rio de Janeiro: Rocco, 2005.
	ISBN: 85-325-1892-3
	1. Crônica brasileira. 2. Poesia brasileira. I. Título.
05-1118	CDD – 869.98
	CDU – 821.134.3(81)-8

A vida é o livro certo
Que a gente lê certo dia
E enche a alma vazia
Do longe, do perto.

Prefácio

A palavra dança, rodopia e se sustenta na imaginação de Maria Carmem. É essa leveza e esse movimento buliçoso que o leitor vai poder perceber em *A louca de louça*, coletânea de crônicas e poesias da escritora, roteirista, letrista, novelista e ensaísta, das melhores que há por essas bandas.

Captar a intensidade das mudanças nas décadas de setenta, oitenta e noventa e ainda por cima visitar com lirismo a recente história familiar, com o corte fino do humor, é coisa de craque. Maria Carmem mostra nos textos reunidos, pela primeira vez, que é dona da bola, com todas as letras.

Aqui está de corpo inteiro, o universo das mulheres, sacudidas, "achadas e perdidas" com a nova ordem mundial. É um prato cheio de surpresas, servido por Rachel e Marion, amigas, alteregos, protagonistas deliciosas de boa parte das crônicas de Maria Carmem. São elas que anunciam, comentam e destroem conceitos e preconceitos, com a maior sem-cerimônia.

Os temas abordados não poderiam ser mais atuais: a busca pelo corpo saudável, a busca pelo amor que satisfaça, a conquista do lugar ao sol num mercado de trabalho dominado pelos homens, as perplexidades inevitáveis do cotidiano.

Também no universo da infância da escritora, o leitor há de se mirar. São crônicas muito pessoais, mas o sabor da recordação desperta ecos em qualquer um. Passeia-se por bairros: Urca, Botafogo, por bares, por personagens como o mulato Marginaux, que faz jus ao nome empolado, com o talento especial para criar e sair de situações bizarras, entrevê-se o escritor, compositor, radialista, Haroldo Barbosa, pai da escritora e amigo do Walt Disney e do papagaio Zé Carioca, personagem símbolo de um Brasil malandro e tropical.

Não é difícil perceber as raízes do talento de Maria Carmem, que a modernidade e o trabalho com televisão e teatro só fizeram ampliar e melhorar.

Com essa coletânea de suas crônicas e poesias, o leitor tem acesso a uma parcela pequena, mas expressiva, da obra e da produção de Maria Carmem. É que, irrequieta e bem-humorada, ela gosta de se arriscar nas onze... Faz música, teatro, novela, shows, de tudo um pouco.

É essa mulher que escreve, roxa pelo azul-marinho, que gosta de coisas estranhas como perfumes que não tem mais, e sapatos, essa taurina teimosa, amante dos prazeres e da rima que *A louca de louça* oferece, embrulhada no "papel crepom" de um talento que é herança e missão.

Das crônicas de humor certeiro e colocações essenciais, aos poemas viscerais, o leitor vai acompanhar os caminhos de uma criação guiada por fina intuição, e executada com instrumentos de precisão, por uma rara capacidade de fazer brotar graça e poesia dos atalhos, esquinas e dobras da vida.

Sou louca de louça, ela diz, no poema que dá título a este livro. "Quebro à toa", ela adverte, como quem sugere um modo de usar todo esse permanente transbordar que é Maria Carmem Barbosa.

Que ninguém acredite totalmente... Ela sabe como ninguém dar a volta por cima e sair de qualquer situação ou espanto com o sorriso de quem conhece e sabe navegar por ares e mares. E qualquer leitor vai perceber, à primeira vista, que está diante de uma escritora feita para alcançar altos vôos e fazer nosso coração dançar.

BETH RITTO

O LADO DO CORAÇÃO

Fragmentos de uma carreira

Se me derem asas, voarei
Vida não se estanca num garrote
Se deixa escorrer por alamedas, valões
Deixe que ela se esvaia
Entre aplausos, entre vaias
Não importa opiniões.

Festa é festa

Quando apertei o botão do elevador rumo ao 18° andar, eu comecei a me arrepender. Festa, nessa altura dos acontecimentos... Só me lembrava das palavras da Xixa: "Vocês começam a beber e daqui a pouco estão todas com aquela boca desgovernada e aquele olhar sem rumo." A porta se abriu e já se ouvia o som escandaloso da lambada que corria solta no salão. Apaguei o cigarro e jurei que pararia de fumar a partir daquele minuto. Mania de fazer promessa na hora errada. Fiz o sinal-da-cruz e apertei a campainha.

– Querida! Pensei que não viesse mais!

– Imagina! Aguardei essa festa ansiosamente!

Eram todos totalmente *fashion*. A única mais ou menos exibia um modelinho Georges Henri de dois meses atrás. Totalmente ultrapassado. A insegurança e o nervosismo tomaram conta de mim e, como sempre, comecei a me esconder das pessoas.

"Vou falar com aquela mulher ali, mas ela não vai se lembrar de mim. E se eu chegar perto dela e disser oi e ela me responder? Melhor fingir que não conheço e fazer a antipática. Dá mais status!"

Depois desse pensamento sofrido consegui sentar num lugar onde ninguém me veria, atrás de umas plantas desidratadas, e torci para que viesse alguém bem light conversar comigo. Ah, Deus!

– Lembra de mim?

– Assim de repente...

– Você arruinou minha carreira.

– Eu arruinei o quê?

– Arruinou a minha carreira – insistiu o jovem.

– Impossível. Eu sou uma pessoa espiritualizada, sempre soube da minha missão aqui na Terra e não vim aqui para arruinar a carreira de ninguém. Você deve estar me confundindo.

– Você não é a Maria Carmem Barbosa, que dirigiu aquele departamento na televisão?

– As informações conferem, mas os fatos são mentirosos. Repito que nunca arruinei a carreira de ninguém.

– Vou refrescar sua memória. Eu fui fazer o papel de ajudante de cozinha daquela novela do Francisco Cuoco e me disseram que você tinha me cortado.

– Você vai me desculpar, mas ajudante de cozinha não é papel.

– Não, não se sinta culpada! Acabou dando tudo certo. Eu saí de lá com tanto ódio de você que fundei um grupo de teatro chamado Lázaro Levanta e Anda que deu o maior pé! – Disse isso, e partiu como se nada tivesse acontecido.

Voltei a fumar. Acendi logo dois cigarros, pedi um uísque duplo e me senti aquecida para encarar a festa. Aos primeiros dez minutos, senti que ela estava praticamente encerrada. Procurei o "Lázaro" pelo salão, porque eu já estava pronta para lhe dizer umas verdades, mas o excomungado já tinha sumido, depois de acabar com a minha noite.

– Mas é muito bom encontrar você aqui!

– Arruinei sua carreira, também?

– Que é isso, Carminha?!

– Você é atriz?

– Imagina! Eu escrevo.

– Ah!

– Somos colegas. E eu tenho um texto para mostrar...

– Aqui na festa???

– Eu sei todo de cor.

– Você vai recitar???

– Só um pouquinho.

– Se eu fosse você não faria isso não.

Por uma sorte avistei o Lázaro e apontei.

– Vai lá e pergunta para aquele rapaz o que foi que eu fiz com a carreira dele. É. Aquele.

Há males que vêm pra bem, sorri baforando meu adorável cigarrinho.

Garfo de ouro ou de prata
Não faz o sabor da galinha.
Sob coroas de lata
Estão as melhores da rinha.

Waiting

O diretor mandou que ela chegasse em tempo recorde. Ela veio. Estava com sua melhor roupa, um par de meias recém-saído da caixa, seu indefectível fiozinho de pérolas e uma blusinha casual, que se tivesse pensado melhor saberia que não serviria para o ar refrigerado da sala de espera. A eficiente secretária foi logo avisando:

— Ele vai demorar um pouquinho. A senhora pode ler umas revistinhas enquanto aguarda.

O simpático boy entregou-lhe um calhamaço de *Amiga*, *Capricho* e *Ilusão*. A tonta não desconfiou de nada. Olhou pela janela e a tarde estava no apogeu, raios dourados entravam pela sala. Ela fingia que lia, mas seu pensamento estava todo voltado para a pergunta: "O que seria dessa vez? Um aumento de salário, certamente." Odiou a expectativa. Voltou a se concentrar nos amores e desventuras dos artistas da moda. "Como esse povo sofre, meu Deus!" O relógio passava, as revistas passavam e nada. O homem não chegava. Olhou para as mãos. Estavam péssimas. "Devia ter ido à manicure." E se ele pedir pra assinar alguma coisa? Podia até ser demitida por causa disso: mãos pavorosas! Agora não tinha mais jeito. "Só amputando!" Escondeu-as. Olhou o relógio e se dirigiu de novo à secretária:

— A senhora tem certeza que ele marcou para o dia de hoje?

— Claro. É um simples atraso. Por favor, aguarde. Quer outra revista?

— Você tem uma mais atual? São todas do ano passado.

Ela gritou com o boy.

– Casemiro! Não mandei você atualizar a distração do "pessoal"?

Casemiro lançou um olhar de desprezo e, do outro lado da sala, fez sinal, com o dedo rodando na têmpora, de que ela era louca. Sorriu, cúmplice. Entrou um bando de reclamantes querendo falar com o diretor.

– Cadê ele?

– Está resolvendo o orçamento do segundo semestre.

– Vamos esperar. O que temos para falar não pode passar de hoje.

Num gesto de puro terrorismo a secretária sacudiu os ombros:

– Problema de vocês. Ele vai atender esta senhora antes e está saindo de uma reunião de orçamento. Orçamento!

– Muitos cortes?

– Hum hum...

– Voltamos outro dia.

E a comissão de reclamantes se retirou. A saída foi tumultuada, a moça gasguita que chefiava o bando pisou na moça de mãos pavorosas, e levou com ela o fio de sua meia novinha em folha. Pronto! O que faria agora com suas pernas? Outra amputação? O chefe não chega. O que quererá com ela? Corte no orçamento? Por que ela? O boy se aproxima. Ela se encolhe.

– Estou amando – diz ele de supetão.

Ela não fez nada. Nem se mexeu. Só fez esperar.

– Você já amou? – insistiu o rapaz.

– Assim, de repente, nunca – respondeu timidamente.

– Eu também não. Estou amando a minha mulher. Depois de três anos de casado. Ela é genial! Me deu uma agenda. Me situou.

"Ah! As mulheres e seus golpes baixos. Ela te sitiou, é diferente! O diretor, segundo o que me consta, não goza desta felicidade. Ninguém dá uma agenda pra esse homem?" O que faria agora, que já estava um caco? Começou a duvidar do modelito que tinha escolhido para o encontro. O frio aumentava e aqueles braços "batendo"; não estava nada bom. Trincou. O frio começou a impedi-la de falar. O café oferecido pelo garçom do andar tremia e fazia um barulhão, entrando pela sala num carrinho.

– Você está passando mal?

Era a secretária que vinha em seu socorro.

– Frio!

– Casemiro, pega o casaco do "pessoal" atrás da porta!

Caiu como uma luva em seu corpo, mas em compensação aniquilou a linha casual que tinha preparado para o encontro. Era um monstro! De onde tinha saído aquele pedaço de mau gosto que a aquecia tanto! Relaxou. As mãos horríveis, as pernas com fios puxados e agora "aquilo". Começou a chorar e o rímel correu pelo rosto. Foi o seu fim. Nessa "exausta" hora, quem chega? Quem? Ele. Ela queria morrer. Olhando para a janela que outrora fora alegre, a noite estava densa. Não quis se ver. Bastava o espelho do olhar do outro que era repleto de compaixão. Ela se levantou com toda dignidade de que ainda dispunha, caminhando lentamente e adentrou o gramado. O diretor a olhava por cima dos óculos. Ela não sabia se ria ou se chorava. Pensou no seu estado lamentável, pensou no aumento que jamais viria, pensou que, certamente, ele lhe proporia, para efeito de corte no orçamento, uma redução de salário. A idéia a fez estremecer. Debruçou sobre a mesa. Depois de tantas horas de espera falou, decidida, para aquele homem que permanecia mudo à sua frente.

– Eu topo!

Como saber a menor distância entre dois pontos
Se não sei pontuar?
Como nunca ouvi as regras,
Hoje elas gritam comigo.
Me põem de castigo.
Odeio o ponto que estanca
O jorro da voz humana
Odeio o verbo que separa
O verbo do sujeito.
Odeio regras cretinas que me humilham
Como se eu fosse uma bronca
Tosca, analfabeta
Qualquer frase, sentença
É alvará de quem pensa
É uma cela aberta.

Um leão por dia

Eu estava mesmo passando por maus momentos naquele dia. Era a minha primeira reunião de criação para um programa de televisão com um grande cantor, conhecido pelos seus modos rudes e a insegurança que demonstrava a respeito do seu trabalho.

A sala estava repleta de homens de todas as idades e feitios: diretores, autores, o pessoal da gravadora, tietes, eu e o cantor.

Por uma dança do destino e, por que não dizer, de cadeiras, ocupamos ambos as cabeceiras. Nossos olhares se encontravam. Eu, fascinada pela quantidade de ouro que ele exibia e pela forma displicente com que dava ordens ao seu pessoal. Ele me olhava como se ali estivesse um vaso de cactos. E positivamente não gostava de cactos.

As idéias para o especial iam surgindo de forma aleatória e nada me agradava. Cada pessoa da equipe que falava, aproveitava e me apresentava a ele, com isso já tinha sido apresentada ao cantor 16 vezes. E ele sempre falando comigo como se eu fosse um vaso de cactos.

— Podemos começar o especial com as criancinhas da Febem cantando e, ao fundo, você vem surgindo com muita fumaça, e nós vamos fechando em você até um *big close*.

Notava-se que aquelas palavras tinham saído com grande esforço da boca do rapaz que acompanhava a comitiva do cantor.

— Será que não é melhor me pegar de perfil? — ponderou o astro.

O diretor olhava com impaciência diante dos absurdos que vinha escutando, o cantor balançava as milhares de pulseiras de

• 25 •

ouro e mostrava as unhas cuidadosamente pintadas com esmalte incolor. Quando dei por mim, já estava falando:

– Está tudo errado. Não é nada disso. Não é assim que se apresenta um programa de televisão! Vocês estão falando coisas absurdas! Onde já se viu um cantor apresentar seu primeiro número, cantando uma música que não é do seu repertório e, o que é mais grave, totalmente desconhecida do público?

As palavras saíram atropeladas da minha boca. Com uma segurança totalmente desconhecida, a partir daí, discursei sobre o que achava durante uma meia hora. O cantor me olhava como se estivesse me conhecendo naquele minuto, o diretor se esticou na cadeira e pediu que eu continuasse.

– Fale minha filha, sem timidez. Estamos achando suas idéias muito pertinentes – e sorriu magnânimo.

– Quero ir ao toalete.

No banheiro eu jogava água no rosto para ver se aliviava a tensão em que me encontrava. Cara a cara no espelho não resisti a fazer algumas observações sobre o meu comportamento.

"Quer dizer que é isso aí? Vou ter que matar um leão por dia. Bem feito! Quem mandou entrar na selva? Podia perfeitamente estar em casa com a cria, esperando o maridão... Tá aí! Passando por isto! Pulsação 320, pressão 42 por 38. Dançou, malandra!

Mas também quem mandou ele me olhar como se eu fosse um cacto?

Mas você exagerou. Botar o homem cantando uma ária do *Otelo* na escadaria do Municipal... Você pegou pesado!

Ele vai recusar – este pensamento me deu um certo alento."

Quando voltei à sala, o estafe do cantor queria saber quem faria o papel de Desdêmona. O diretor olhava pra mim, como quem diz: "sai dessa!" Já mais segura, apresentei outras tantas idéias que os 16 homens ali reunidos acharam ótimas e, obviamente, disseram que "já tinham pensado nisso antes". Permitiram, com isso, que Otelo e Desdêmona descansassem em paz.

Na saída da reunião, uma mão pesada acompanhada de um chocalho de pulseiras cai sobre o meu ombro.

– Gostei menina! Acho que faremos um belo trabalho. Senti determinação nas suas idéias. Isso é coisa de signo. Você é?

– Touro. E você?

– Leão, minha filha, Leão!

– Ah!!!

Depois de tudo que se move
Só uma coisa me comove
É quando eu me tiro pra dançar

Aí a minha saia voa
À toa
No ar

What's new

"Era saudade do passado. Era um olhar em meu caminho." A música, bem anos 60, não sai do meu pensamento enquanto olho pela quarta vez as panelas expostas na vitrine do Mappin. Por que será que hoje eu cismei com panelas? Adoro São Paulo! Ter vindo para cá acompanhando o show, que, com o meu roteiro, estourou no sul, só me trouxe alegrias. Os dias estão lindos, a vida está boa, porque então esse punhal atravessado no meu peito? Será que o homem do estilete que perambula pelas ruas da cidade me acertou e eu nem notei?

— A senhora já foi atendida? — perguntou a mocinha da loja.

Me deu uma vontade de contar tudo pra ela. Fazer queixa. Dizer que tinha sido profundamente traída e que não sabia como resolver o meu problema. Fiquei com o olho cheio d'água e respondi sinceramente:

— Não, minha filha, eu não fui atendida.

Saí da loja antes que comprasse umas dez panelas e depois não soubesse como trazê-las para o Rio. Na praça, São Paulo desfilava. Transeuntes apressados, senhoras idosas apanhavam sol, trombadinhas combinavam ataques aos passantes desavisados. Não senti medo. Quem faria mal a uma mulher com um punhal atravessado no peito? Fiquei por ali um tempo olhando a ponta da minha bota argentina. Bonitinha! Senti saudades dos meus amigos do Rio. Quis estar com eles e dizer que eu sou assim mesmo. Paciência! Li todos os jornais e suas más notícias. De algumas eu até ri. "A estrela da novela das oito diz que todas as roupas são dela. A figurinista diz que não." "O diretor do show diz que tudo é dele. A roteirista diz que não." E por aí vai. Melhor que mentir, só mesmo desmentir. Resolvi tirar um retrato, era a melhor solução. Ajeitei bem o meu punhal e parti para o fotógrafo lambe-lambe.

– Corpo inteiro?

– O que der pra pegar, moço.

– A senhora não quer passar um batonzinho?

– Não quero passar nada, moço.

– Então sorria.

Saiu um grito primal. É, eu não estava nada bem, nessa manhã paulista. O fotógrafo desistiu de mim e bateu a chapa, como uma radiografia do pulmão. Tomara que tenha queimado.

Uma senhora idosa pediu que a ajudasse a descer a escadinha do canteiro. Adorei ser útil e começamos a conversar. Ela estava muito contente com a sua cidade.

– A Prefeitura tem feito coisas ótimas por aqui – disse ela com sua voz arrastada.

– Mulheres no poder quase sempre dão certo. São mais generosas e honestas – respondi cheia de certezas.

– Detesto mulher. São fofoqueiras, metidas, não sabem fazer nada. Esse tal de feminismo só serviu para acabar com o sossego da gente. Minha filha tentou ser feminista. Deserdei!

Fiquei com ódio da velha. Larguei o braço dela e não quis nem ver se ela caiu ou não. Velha reacionária! Para ela, a Prefeitura era homem. Gente louca! A fila do restaurante do Masp era quilométrica. Encontrei amigos cariocas que se mostraram muito felizes em me ver. Notaram que eu escondia alguma coisa sob o casaco.

– O que é isso?

– É a minha dor. Fui publicamente traída.

– Nós lemos os jornais.

E mais não disseram porque mais não foi perguntado. Eles são chiques. Me deram colo e afagaram meu ego. Ah, os amigos!!!

No hotel, o *lobby* fervilhava, em todos os sentidos. O menino do conjunto Yahoo foi devidamente confundido com o Chitãozinho e Xororó, é de dar nervoso a semelhança, o irmão do Mamberti, organizando a noite festiva do hotel, os músicos esperando pelo ensaio, a avenida Paulista brilhava soberana na noite de São Paulo. Tudo isso acontecia e o diretor gritava: "É tudo meu! Fiz tudo sozinho! Eu construí, eu destruo!" É muito triste você ter que assistir a alguém perder para si mesmo. Enjoei. Subi ao quarto, troquei de roupa, carreguei no batom, fiz um olho deslumbrante, guardei o punhal, que já estava me incomodando e parti para a festa. No bar do hotel, o pianista tocava *What's new*, achei que ele olhava pra mim, fui até lá, encostei no piano e cantei.

Por seu amor aprendi a ser tantas
Não tive medo fui aprendiz
Achei respostas perdi mil perguntas
No mundo perdido onde mora a atriz

Palavras, planos, leitura, ensaios
Embrulhamos em panos, berloques, maquiagem
E se sobre nós caem estrelas, raios,
Meros cenários, somos personagens.

Ela, a atriz e a personagem

— E o que vai ser de mim? – perguntou ela aflita.

– Sinceramente, não pensei em você – respondeu ele. As malas abertas em cima da cama e aquela montoeira de roupa espalhada, anunciando o fim. Ela não acreditava. Olhava, olhava e não via. Não realizava a possibilidade daquele homem sair por aquela porta e nunca mais voltar. Há dias vinha anunciando para si mesma: "A coisa degringolou!" Ela podia ser tudo, menos burra. Já tinham se amado, brigado, esbordoado e agora era mais que claro. Era o fim. Ela não tinha como impedi-lo.

– Você nunca pensou em mim, porque sempre foi um homem menor.

Ele parou de dobrar a camisa e a olhou com rancor.

– Vai começar?

– Como é que posso começar uma coisa que já está acabando? Como é que posso segurar um homem que vive fugindo? Esqueceu que você tem responsabilidades nesse rompimento? E as crianças? E os amigos? A nossa casa? Tudo por água a baixo? Irresponsável! Canalha! Nunca me enganei, você é um homem menor! – Carregou no desprezo.

– Então dê uma festa, porque você acabou de tirar um homem menor de sua vida.

Ela começou a se despir e abriu as janelas.

– O que você vai fazer? – perguntou ele.

– Vou ficar nua e gritar para todo mundo meu sofrimento. Vou chamar a atenção do povo. Vou pedir ajuda!

Ela se despia e ele tentava impedir o pior. Segurou-a pelos braços e a esbofeteou várias vezes. Ela rasgou sua roupa e arranhou seu peito.

O diretor gritou:

– Corta! Valeu! Ficou excelente!

A camareira correu e a cobriu com um roupão. Tinha levado a cena a sério demais e se despiu mais que o necessário.

– A senhora arrasou! Chorei e tudo! Foi tão real!

Enquanto amarrava o roupão olhou para o outro lado e viu seu parceiro de cena tentando estancar o sangue que corria do peito. Ela o tinha arranhado de verdade. Os olhares se encontravam cheios de mágoas. Felizmente era a última cena do dia e agora iriam para casa resolver suas diferenças.

Estavam vivendo juntos há algum tempo. Tempo suficiente para saber que aquela era uma relação de risco. Ela uma atriz famosa, ele "chegando agora". Mas como o amor tem vista curta e não enxerga as diferenças, nada impediu que os dois se amassem e partissem rapidamente para uma vida em comum. Uma peça de teatro e duas novelas foram suficientes para a consolidação daquela união. Era um casal de botar inveja! Contracenavam com tal intimidade que pareciam estar em casa. As cenas de amor ultrapassavam as expectativas, as de briga então, conseguiam tal veracidade que chegavam a levantar platéias. Acreditavam no modelo e passaram a levar suas emoções para todos. Festas, bares e boates, tudo era palco para que continuassem a encenar seus papéis. Amavam-se, é claro, mas cada um a si mesmo. Disputavam o Oscar dos corações partidos.

Acabou de se vestir em frente ao espelho do camarim. Pensou em qual personagem viveria agora. Aquela coisa esquizofrênica de atriz a tinha impedido, por um certo tempo, de pensar em si mesma. Sacudiu os ombros e murmurou a canção: "Quem sou eu, pra ter direitos exclusivos sobre ela?"

Saiu à rua. Ele a esperava dentro do carro. Ela entrou e o carro acelerou.

– Foi bom hoje. Rendeu. Gostei da cena!

Ele permaneceu mudo.

– Desculpe amor, te machuquei sem querer. Não devia ter me envolvido tanto com a personagem.

Ele a olhou e sorriu. Ela se irritou.

– Você vai continuar insistindo nessa coisa de separação?

Ele não respondeu.

Em casa, as malas abertas em cima da cama e aquela montoeira de roupa espalhada anunciavam o fim. Ela não acreditava. Olhava, olhava e não via. Não realizava a possibilidade daquele homem sair por aquela porta e nunca mais voltar.

– E o que vai ser de mim?

– Sinceramente, não pensei em você – respondeu ele.

RUBRICA DO AUTOR / SEGUE A CENA.

A TRANSEUNTE DO AR

Fragmentos do passado familiar

Tudo que sinto é passado
Ferro esticando pano
O que virá amarrotado
Futuro
Rei, soberano.

Assim era a Urca

No início dos anos 1950, a Urca era um bairro mágico, onde coisas mágicas aconteciam. Era uma espécie de reino encantado, um lugar onde se tinha a sensação de que uma bruma o escondia do resto do mundo. O bairro tinha acabado de perder o cassino e esperava para ganhar uma emissora de televisão. A primeira do país, a poderosa TV Tupi, que abandonaria suas precárias instalações na avenida Venezuela. Mas enquanto nada disso acontecia, a Urca ia vivendo sua vida calmamente e era lá que eu morava com minha família, na avenida João Luís Alves, numa casa de onde se avistava o mar e o outro lado da cidade.

O bairro era unido e todos se conheciam. Compartilhávamos do mesmo armazém, farmácia, bar, leiteiro, padeiro e, porque não dizer, do mesmo ladrão.

– Haroldo, o ladrão está lá no jardim.

– Deixa, Maria. Daqui a pouco ele desiste e vai embora.

Não que o ladrão não fosse capaz de façanhas ousadas. Há dias, ele tinha assaltado a casa do nosso vizinho, um senador respeitável, roubado sua caneta de ouro e, após o roubo, estendido todas as suas roupas íntimas nas pedras da Urca. De manhã, o povo se aglomerou sobre o parapeito da beira-mar, assistindo ao espetáculo das ceroulas do ilustre parlamentar boiando nas águas da Guanabara.

Ainda bem que o meu pai usa uma cueca pequenininha, pensei aliviada.

Mas a grande figura dessa história era o nosso lixeiro. O lixo naquela época era recolhido por enormes caminhões descobertos, que apareciam duas ou três vezes por semana, dependendo do humor, o que deixava minha mãe enlouquecida. Até que um dia chegaram às vias de fato.

– Haroldo, você vai lá fora resolver esse problema. O lixeiro está se fazendo de besta comigo. Há duas semanas que ele não recolhe o lixo. Já passei uma descompostura e ele disse que vai vir quando quiser. Você vai lá e toma uma atitude.

E lá se foi meu pai se entender com o abominável homem do lixo.

– E vocês crianças, não se metam nisso. Isso é coisa de homem pra homem – advertiu minha mãe.

Eu ficava imaginando o quanto custava para meu pai largar sua máquina de escrever e arcar com a grande responsabilidade de resolver o problema do lixo. Ele resolveria da melhor maneira possível.

A Urca oferecia diversas atrações aos seus moradores. A praia e seus inúmeros farofeiros; Chita o Performático, com a imitação perfeita da macaca homônima de Tarzan; Bené e o doce pipoqueiro; e, para quem gosta de terror, havia a tenebrosa história do casal de alemães assassinado por sua dupla de dobermans. E *last but not least*, a ponte onde papai acelerava seu poderoso Pontiac só pra gente sentir aquela aflição na barriga.

Mamãe disfarçava e olhava o relógio a toda hora. Há mais de três horas papai tinha saído para resolver o problema do lixo e, até agora, nada.

– Esse lixeiro deve estar ouvindo poucas e boas. Eu conheço o Haroldo, ele não vai deixar isso passar em branco.

Quando concluiu essas palavras os dois foram avistados meio trôpegos despontando na esquina.

– Eles estão abraçados! Beberam! Tenho certeza que beberam – mamãe não podia conter sua indignação.

Papai tentava abrir o portão da casa, mas sem êxito.

– Maria, esse homem é um santo.

– Santo, Haroldo?

– Sou sim, minha senhora.

– É um homem bom. Me contou toda a vida dele. É uma tragédia. Filhos pra criar, a mulher abandonou o lar e ainda por cima, coitado, é lixeiro.

– Eu sofro, seu Haroldo, mas pro senhor faço qualquer negócio, recolho qualquer lixo, até bicho, gato, cachorro, cobra – e apontava para minha mãe –, jararaca, principalmente as jararacas!

Essa história demorou muito para virar piada na família, mas, felizmente, existe o tempo e um dia mamãe esqueceu.

Eu te prometo um dia
Cheia de alegria
Trêmula de agonia
Sem monotonia
Surpresa, autoria
Histeria
Água quente, água fria
Bacia
Mania
Tudo que vicia
Deixar meu nome só Maria
Tirar o Carmem Barbosa
Deixar de ser prosa
Nunca mais usar rosa
Só andar de saia e blusa
Mergulhar em água rasa
Mudar de casa
Ser lisa
Ser lesa
Ser lousa

Virar Maria de Souza
Virar Maria só tua
Nua e situada
No tudo, no nada
E se me for permitido voar
Não ser ave, nem ser pluma
Só mais uma transeunte no ar.

Decapitando os camarões

Odiei a mudança repentina da minha análise. Ela foi parar logo na Urca! Não disse nada para minha analista, mas me mantive calada durante toda a sessão, como prova do meu mais profundo desagrado. Onde já se viu? Levar problemas para um lugar onde só havia inocentes recordações...

– Haroldo, sai com as crianças? Elas hoje estão insuportáveis.

– Maria, você sabe que quinta-feira é o único dia que tenho pra pescar. Esses meninos não sossegam. Vão estragar meu feriado!

– Elas hoje estão umas pestes!

Caniços, baldinhos, puçás, molinetes e mais 50 mil recomendações de bons modos. E lá íamos nós fazer aquele programa que eu, particularmente, detestava. O bar do Osvaldo, ainda passava, mas quando chegava no barco do Valzinho... Aí a coisa pegava! Papai como sempre, bem-humorado e paciente, dava o primeiro e único aviso:

– Lembrem-se: silêncio absoluto! O primeiro que brigar no barco, eu afogo!

Havia uma rotina que me levava à loucura. A minha parte, já sabia qual era: os camarões. Teria de tirá-los do puçá e decapitá-los para que pudessem servir de isca. Um tormento! Enquanto eu executava os pobres bichinhos, pensava que a família deles não devia estar nada satisfeita com o que estava acontecendo naquele barco e que, dia desses, tramariam uma terrível vingança. Pediriam satisfações e provavelmente responderíamos por isso. Aquele monte de cabecinhas, no fundo do barco, com seus olhos pretinhos implorando pra mim: "Junte-me ao corpo! Junte-me ao corpo!" Alguém precisava dar um basta naquele ritual macabro. Os peixinhos presos pela guelra caíam no barco e se debatiam até o último suspiro, e papai falava com aquela voz cavernosa, espumando de alegria.

– Olha o que teremos para o jantar!

Meu pai era um bárbaro e não suporto peixe!

A analista continua olhando pra mim, crente que vou falar alguma coisa; não falo. Na Urca só fui feliz!

Eles chegavam em bando todos vestidos de índio, com as caras pintadas e botas Dr. Scholl. Passavam a maior parte do tempo escalpelando nossas bonecas. Justamente na hora em que estávamos nos preparando para dar comidinha para as pobrezinhas, surgia um celerado e lá se iam suas lindas cabecinhas.

– Aaahhhrrrggg!!!! Camone, aí!

Revólveres, flechas, tropel de cavalos e nós, como sempre nervosas, correndo atrás dos gritos. Resolvemos que isso não podia continuar. Tínhamos que detê-los.

– Mas como?

– Nos infiltrando na brincadeira – sugeri.

A idéia pareceu genial. Não chegamos a planejar nada. Puro instinto de sobrevivência. Eram eles ou nós. Apresentei-me ao comando.

– Que-que-cê-sabe-fazer? – perguntava Tatálo, o mais feroz de todos, com voz de índio Apache.

Sua bota era a mais gasta. Devia ser uma peste.

– Sei correr, pular carniça, jogar bola de gude, arrumar casa, cozinhar...

– Vai ser cozinheira da tribo. Haw!

E partiu em corrida desabalada. Certamente achavam que, com isso, tudo estaria resolvido. Fiquei com a faca e o queijo na mão. Pedi encarecidamente a Divina, nossa empregada, que me ensinasse a fazer comidinhas, mas comidas gostosas! Tudo me foi ensinado. Levei mantimentos e montamos um fogareiro em frente à casa de Capistrano. Honra seja feita, os meninos ajudaram bastante. Com o tempo eles foram se chegando... se chegando... e logo, logo eu já estava dando ordens, gritos e condicionando as refeições ao bom comportamento. Os índios comiam e nós cuidávamos tranqüilamente de nossas bonecas. Todos nos obedeciam, menos um, Tatálo, o rebelde chefe do bando. Sempre arredio me olhando com desconfiança. Não demorou muito tempo para que eu me apaixonasse perdidamente por ele e começasse a ver aquelas botas Dr. Scholl de outro jeito. Nem tinha completado 10 anos e já andava metida nessas ciladas. Roupa de índia? Nem pensar! Só brincava de vestido de organdi, arco florido no cabelo e sapatinhos de verniz. Ele não se comovia. Ficava distante e frio. A tudo recusava e me mantinha cativa. Tatálo nunca provou a comidinha. Achava aquilo tudo uma pobreza!

A minha primeira paixão não foi o que podemos chamar de um sucesso. Sofri muito!

A analista tossiu anunciando o término da sessão.

– Já que não quer falar, por hoje terminamos aqui.

– Dá pra emendar uma sessão extra? – implorei, reconsiderando.

Minha mãe é tão bonita
Borda saias de dedal
Me amarra em laços de fita
Me pinta pro carnaval.

Minha mãe é tão bonita
Como tudo que é eterno
Primeira palavra escrita
Seu nome no meu caderno

Minha mãe é tão bonita
Partiu como Nossa Senhora
Disse um verso bem bonito
Disse adeus e foi se embora.

O espírito do porco

Muito mais por uma exigência da cabeça que propriamente do corpo, resolvi andar, naquela manhã, pelas ruas da Gávea. Todos tivemos a mesma idéia, inclusive o sol. Era um dia excelente para caminhadas, encontros e lembranças de um passado não muito distante.

Há dias, mamãe perguntou se nas minhas andanças eu teria revisto a velha casa, dentro do Jardim Botânico, onde ela passou sua mocidade. Respondi que não.

– Mas nem se interessou, minha filha? Você gostava tanto de lá quando era pequenininha... – lamentou ela.

Entrei pelo portão dos fundos do parque na firme determinação de reconhecer a casa em que tia Sevilha e tio Gabriel moraram por toda a vida. Pelo que pude resgatar na minha memória, era uma casa grande, avarandada, que dava de frente para o Instituto de Química, onde meu tio trabalhava e... só. Eu olhava, olhava e não reconhecia um centímetro daquele solo.

– Pode ser que seja essa... ou aquela... quem sabe, aquela outra? – comentei com a minha companheira de caminhada.

– Escolhe uma e acaba com esse sofrimento – disse a impaciente. Esse negócio de você ter que lembrar o passado, às vezes aborrece muito a gente, porque eu, simplesmente, não lembro.

– Não é possível! Mamãe me disse que a gente vinha muito aqui... Que eu adorava... Não tenho por hábito esquecer coisas que eu adoro – me defendi.

Ainda demos mais duas voltas pelo correr de casas, mas minha cabeça não pronunciou uma palavra.

Voltei pra casa bastante deprimida. Corri para o telefone.

– Alô, mãe... Definitivamente, não lembro. Não sei que casa é essa e pra falar a verdade, não me recordo do tio, nem da tia...

Um breve silêncio.

– Então é grave – insistiu. – Não lembra nem do dia que ficou de castigo porque seu tio foi te pegar no arame farpado e você queria porque queria ver o porco, que ia ser sacrificado? – perguntou ela, impiedosa.

Minha manhã, minha semana e provavelmente meus próximos cinco anos estavam estragados.

– Mãe, eu quis isso???

– Minha filha, você só tinha sete anos... Não tinha noção das coisas...

– E o porco? – perguntei com a voz embargada.

– Ah... Eles mataram, fizeram um grande churrasco.

– E eu comi o porco?

– O que está havendo com você, minha filha? Se eu, que sou muito mais velha, me lembro...

– Fala mãe... Você começou, agora continua. Comi ou não comi esse porco?

– Comeu... Adorou... Eu fui até contra, porque porco é uma coisa que não se dá a criança, mas você abriu um berreiro... Nunca pôde ser contrariada...

Desliguei e poupei-me do resto da conversa. Liguei para minha analista, ela não estava, falei com a secretária eletrônica.

– Estou com um problema terrível. Saí para dar uma volta no quarteirão e voltei pra casa arrasada. Minha mãe está querendo me enrolar num processo que não lembro... Aguardo resposta urgente.

Liguei para um amigo e relatei todo o fato. Quem sabe, utilizando a técnica-de-repetição, acendesse uma luz no final do túnel?

– Ih... Esse negócio de não lembrar é a maior encrenca... Por que você não procura um médico? Sabe o que é bom? Um geriatra!

Uma inocente caminhada matinal estava me levando longe demais.

Jorginho, meu eficiente secretário, se mostrou muito preocupado com o meu depauperamento.

– O que está havendo? Posso ajudar em alguma coisa?

Só me lembrava do que não lembrava. A casa, os tios, o porco... E o porco, gente? Que história macabra!

– Jorginho... sabe aquele teu pai-de-santo de Rocha Miranda? Liga pra ele e marca uma consulta.

Minha mãe é tão bonita
Parece um castiçal
Vezes ilumina bem
Vezes ilumina mal.

Minha mãe é tão bonita
Tento, tento, e não digo
Às vezes parece com Deus
Às vezes parece comigo.

Ligue-mãe
(e arrependa-se logo após)

O telefone insistia e nada acontecia do outro lado da linha. Será que ela saiu? Pensou nervosa, arrastando o fio do telefone pela cozinha. Se realmente isso tivesse acontecido, seria um grande desastre. Finalmente ela atendeu.

— Pronto!

— Mãe! Sou eu.

— Minha filha, a essa hora da manhã? Você madrugou!

— Sabe o que é? Estou muito nervosa. Resolvi fazer um cozido aqui em casa e estou com medo de me atrapalhar na ordem da colocação dos legumes na panela e acabar fazendo um suflê.

— Vamos por partes. Por que um sacrifício desses?

— Que sacrifício?

— Você sabe a extensão de um cozido? Sabe os problemas que ele pode acarretar? São horas de dedicação na frente de uma panela, minha filha. Quem merece isso de você?

— Mãe, pára de me enrolar e me dá a ordem dos legumes.

— Sinceramente, não sei. Posso lhe passar o sentimento do prato, mas a composição, não lembro mais. No meu tempo era tudo diferente. Os legumes eram mais tenros, o gás era mais forte, os fogões eram mais amplos.

— Você está me enrolando. Fala, fala e não diz nada. Vou me virar sozinha!

— Filha, faz uma coisa. Leva esse povo para uma churrascaria e paga no cartão. Você vai se aborrecer muito menos... Esse é um prato ingrato. Para quantas pessoas?

– Umas quinze. Você fazia para quarenta, esqueceu?

– Não lembra. Não estraga o meu domingo.

Começou a admitir a possibilidade de churrascaria e a mãe percebeu seu constrangimento.

– O que posso adiantar não é nada animador. Os legumes devem ser todos amarrados com uma linha dez e retirados um a um, para evitar o esfacelamento – disse cheia de drama na voz.

Desligou rapidamente o telefone e mãos à obra. Saía tanta linha pela boca da panela que a caçarola parecia mais uma mesa telefônica. Linhas se cruzavam, os legumes não se entendiam, as carnes resistiam bravamente ao fogo e se mantinham duríssimas.

Tentou evitar, mas não tinha outro jeito, ligou de novo para a mãe.

– Pronto!

– Mãe, as carnes estão há horas no fogo e continuam duras.

– Minha filha, só posso admitir que esse seu temperamento esteja influindo seriamente no cozimento dessa comida. Por que essas carnes não cozinham? Faça um exame de consciência, que alguma você fez!

– Mas eu não fiz nada. Estou até cantando uma música do papai...

– É isso. Está explicado. Ele baixou na capa de filé. Vocês estão cansadas de saber como seu pai era do contra. Estou até vendo, ele deve estar lá em cima se metendo em tudo, achando que isso não se faz assim, que aquilo não se faz assado... Procure lembrar que quase nos desquitamos no litigioso porque eu defendia o cabrito assado com cominho. Seu falecido pai nunca me perdoou. Você e sua irmã vivem nessa idolatria, não aprendem... Canta já, mas para subir!

Procurou não entrar em detalhes e só se ater ao cozido.

– E o que eu faço com a batata-baroa que está desmanchando, mãe?

– BATATA-BAROA NO COZIDO?????

– Eu adoro batata-baroa – disse timidamente.

• 64 •

– Ainda bem que não fui convidada para essa festa. Onde já se viu, essa batata escandalosa, medíocre, ser posta em alguma coisa? Se fizer um caldo e botar uma gota atrás da orelha, vai ficar cheirando três meses. Você esvazia um cinema com esse perfume!

Ela achou por bem desistir da mãe. Desligou o telefone, foi lá dentro no seu pequeno altar e se pegou com os santos, que, em vista de tanto sofrimento, deram o maior apoio. O cozido saiu ótimo!

Se a vida nos bebe, engole
Nela, *véritas*, vinho
Vida se toma aos goles
Saboreando aos pouquinhos

Pra sempre no meu caminho

"Junte tudo que é seu... Seu amor, seus trapinhos. Junte tudo que é seu e saia do meu caminho..." Eram tantas canções, tantos violões e cantorias intermináveis, que os anos 1950 passaram por mim dançando. E tudo acontecia na casa da dona Maria Isabel, minha avó. Nos almoços de domingo era um entra-e-sai de família e convidados que nunca deu pra saber ao certo o número de pessoas que por lá passou. Eram muitos artistas! Papai e tio Ruy disputavam, numa verdadeira queda-de-braço, suas últimas composições e travavam um duelo sonoro, competindo, sem nenhum pudor, por cada fusa, semifusa e bemol.

Ewaldo Ruy, o tio Ruy, era um homem que, ao nascer, foi agraciado por algum anjo com o dom de agradar. Além de bonito, meigo e elegante, elegância essa que sempre o distinguia dos outros homens, nunca haverá entre nós uma pessoa com tamanho senso de humor.

"Nada tenho de meu, mas prefiro viver sozinha. Nosso amor já morreu e a saudade, se existe, é minha..."

Passei a maior parte da minha infância andando atrás dele pedindo que contasse uma de suas histórias que, como sempre, me matavam de rir. Ele adorava uma platéia e a criançada se dispunha à sua volta. O uísque sempre ao lado, ele começava:

— Sua avó, aquela que vocês chamam de vovó, meus sobrinhos, cometia as maiores atrocidades com seus filhinhos. Vocês não sabem o que eu e seu pai sofremos.

A essa altura vovó já estava às gargalhadas esperando o que vinha por aí... Ele continuava:

– Tínhamos um lindo cachorrinho que ela resolveu apelidar de Passa Pra Dentro. O bichinho cresceu feliz e satisfeito até o dia que se deu conta das controvérsias sobre seu nome. Gritava ela, sempre irada, com o pobre animal: "Passa Pra Dentro, passa pra dentro!" "Passa pra fora, Passa Pra Dentro!" "Passa Pra Dentro, passa pra dentro!" O cão, naquele ir e vir, sem saber que atitude tomar, se passava pra fora ou passava pra dentro, resolveu desistir da vida e caiu durinho na porta da casa, com as pernas dianteiras pra fora e as traseiras pra dentro. Pobre animal! – lamentava tio Ruy.

Ela se defendia, gorda, se embalançando na cadeira de tanto rir:

– Pára Ruy! Não fica dando mau exemplo pras crianças!

– Vou contar o que você fazia com os meus cabelos – anunciava ele. – Estão vendo como eles são lisos?

Tio Ruy era o único de cabelos mais ou menos lisos na família.

– Ela amarrava meus cachos com pesados tijolos e lá ia eu ser humilhado no colégio com aquela tijolada na cabeça. Era um inferno pra me concentrar nas lições... Todos riam de mim...

Nessa altura os adultos da festa já tinham aderido à sessão e vovó explicava:

– É o Ruy, contando absurdos pras crianças...

"Fiz até um projeto, no futuro, um dia... No nosso mesmo teto mais uma vida abrigaria..."

Sua paixão por Elizeth Cardoso não era mais segredo na cidade. Era comum alguém chegar contando que os tinha visto juntos. Tia Elza, sua sábia e linda mulher, fazia vista grossa. O casamento seria mantido até o final. Nos seus desesperos de amor, ele declarava que vivia um amor impossível. Nunca entendi por quê! Eles estavam vivos...

"Fracassei novamente, pois sonhei e sonhei em vão..."

As discussões entre papai e meu tio eram sempre sobre o mesmo tema: a importância da frase, na frase musical.

– Mas Ruy... A frase do Ary no "Camisa amarela", quando ele diz "E desapareceu no turbilhão da galeria", não deixa a menor dúvida: o cara foi tragado... desapareceu na multidão...

Ele mostrava aquele sorriso de mulato sestroso, se referindo mais a ele do que propriamente à letra da canção.

– Só se ele quiser, né, Haroldo? Essa mulher que o Ary inventou devia estar enchendo o saco do cara e como ele é um sábio, tirou o cara daquela situação... Elementar, Haroldo!

Papai desistia.

Numa madrugada de agosto, mês do desgosto, tio Ruy se matou.

Não sei por quê, mas me passou a sensação de que a família e amigos esperavam por isso.

Foi o primeiro acontecimento verdadeiramente triste da minha vida. Quem contaria aquelas histórias? Pensei que ele e o Passa Pra Dentro deviam estar felizes em algum lugar.

O enterro foi silencioso, não havia canções, só soluços e conformação. Em alguma hora papai se aproximou do caixão que era enorme como o tio, e ouvi os olhos dele falarem baixinho lamentando:

– Ô Ruy! "mas você, francamente, decididamente, não tem coração..."

As saias voam de tédio
Do outro lado do varal
Meu amor não tem remédio
Acabou meu carnaval.

Se é pecado sambar

Não havia pescoço que não virasse, nem boca que ficasse fechada quando "Marginaux" passava pela Severiano. Ele era simplesmente o máximo, em seu um metro e oitenta de altura, sua cor chocolate e seu terno branco impecável. Tinha sempre no bolso um lenço de seda colorida e um sorriso estampado no rosto de fazer qualquer Harry Belafonte morrer de inveja. Eu imaginava que, para sair de casa, ele era assessorado como no filme da Cinderela, só que no lugar de ratinhos, lindas mulheres estendiam as roupas para que ele pudesse escolher qual lhe caberia melhor.

Como Marginaux era o dono da rua, qualquer um que por ela passasse era recebido com regalias de convidado especial. Imediatamente era convidado a tomar uma caninha no bar do seu Adão e ouvir suas últimas composições e discutir sobre a atuação de Quarentinha no último jogo do seu querido Botafogo. Mas o melhor viria quando ele começasse a falar de Mamaco e Orelha, dois perigosos marginais do morro do Pasmado que tiveram um fim ignominioso. Morreram de tuberculose.

– Deles só restou o passado – dizia ele, triste, balançando a cabeça.

Na minha casa, não dava mais para disfarçar a paixão que eu sentia por aquele Lancelote moreno. Eu era muito precoce! Quando Marginaux apontava na esquina, mamãe gritava para Divina, nossa empregada:

– Prende essa garota!

Mas era inútil. Lá ia eu desabalada ouvir seus sambas e suas histórias. E foi numa dessas que a coisa ficou preta.

A roupa tinha caído como uma luva no meu corpo e (sinceramente, gente) eu estava linda! Era um vestido comprido, debruado de renda, e uma linda grinalda de flores brancas pendia do véu que caía sobre os meus ombros. Na mão direita o terço e na esquerda o missal.

Era a minha primeira comunhão. Todos passavam por mim e afofavam o meu vestido, pedindo que eu tivesse o máximo de cuidado. Afinal eu ia receber Cristo no meu coração e precisava estar imaculada para tal.

– Hoje, minha filha, você vai fazer o seu primeiro voto cristão. Vai confessar e comungar.

– Confessar o quê, mãe?

– Não vai me dizer que você não tem pecado?

– Eu? Pecado? Imagina!

– Haroldo, anda depressa que ela já está pecando de novo!

E as horas passavam e papai não acabava aquele ritual repetido toda vez que saíamos de casa e que sempre fora sua marca registrada. Eram horas de espera. Tudo que eu queria era mostrar a roupa para alguém, melhor ainda se fosse para "ele". Para a minha sorte, lá vinha Marginaux no fim da rua. Não deu tempo nem de minha mãe gritar para a Divina. Já tinha me posto à sua frente e ansiosamente perguntava:

– Marginaux, eu estou bonita?

– Você é a menina mais bonita da General Severiano.

– Você diz isso pra todas – solucei baixinho.

– Que isso, Brenda Lee? – (ele me achava com cara de cantora pop). – Logo hoje que você tá parecendo uma garça! Vamos cantar e esquecer essa tristeza.

E ao som daquela caixa de fósforo e da voz de Marginaux eu esqueci de tudo. Da primeira comunhão, do terço, do missal e comecei a sambar no meio da rua. Fui despertada pela voz da minha mãe me chamando pelo nome completo. Aí é que eu vi que a coisa não estava boa pro meu lado. Nome completo é fogo!

Ela andava de um lado para o outro e eu, cabisbaixa, ouvia a reprimenda.

– Sambando, Haroldo, com a roupa da primeira comunhão! Você tem que tomar uma atitude.

– Que mania que você tem, Maria, de vestir essa menina cedo! Você sabe que ela não resiste ao tempo. – E virando-se pra mim enraivecido: – Essas coisas a gente faz à paisana!

No carro, entre beliscões, a ladainha continuava:

– Pecou! Pecou e vai confessar isso para o padre! – ela gritava.

– Maria, ela errou a roupa – dizia meu pai, contemporizador.

– Já vi ela pegando bonde andando, de short – Divina ajudava a colocar mais lenha na fogueira.

– Confessa! Vai confessar tudo isso!

Por não gostar de pressões, nunca confessei esse pecado. Achei melhor esperar para um dia colocar num livro.

Sapatos me dão caráter, marca e eternidade
Sapatos me dão passado
Sapatos me dão saudade
Sapato não é moda, acredite
É mood, saúde, extrato
Sapato pra mim
É o fim.

A gente nunca esquece

O meu primeiro sapato alto! Ele era de perlê.
Não sei por que cargas d'água foi no Jockey Club que eu estreei o meu primeiro sapato de mocinha. Era a adolescência fervilhante! Papai, com seu pessimismo habitual, profetizava, andando pela casa de um lado para o outro e gesticulando, a mãozinha no ar como o Juscelino Kubitschek, só que o Juscelino ganhava voto, ele perdia.

— Maria, isso não vai dar certo. Eu não vou levar essa menina com esse sapato. Ela vai se esborrachar! Olha as pernas dela! Parecem dois pontos de exclamação! Você fica inventando de me fazer carregar essas crianças atrás de mim. Jockey, pra mim, é trabalho. Eu não vou tomar conta de ninguém. Tira esse sapato dessa garota que isso vai me trazer problemas!

No outro lado da sala, eu fazia caras de profundo sofrimento. Meu sapato ninguém tiraria. Nem morta! Lágrimas furtivas rolavam pelo meu rosto, mas paravam a uma certa altura, onde desse para refletir a luz difusa do abajur lilás. Tudo era um drama na minha geração. Se as artistas sofriam, nós sofríamos também. Eu adorava sofrer. Era o meu papel favorito! Mamãe intercedia:

— Minha filha, eu acho melhor...

— Não, não, mil vezes não! Não tiro o meu sapato!

— Haroldo, se ela acha que está tudo bem, devemos confiar nela.

O vestido era lindo! De cetim de algodão, gelo, uma gola toda bordada com uma linha da mesma cor, cópia fiel do último *Burda*.

· 81 ·

Na cabeça, um diadema e, nas mãos, luvinhas. E lá fui eu toda bonitinha com os meus 13 anos para o Grande Prêmio.

Na entrada do Jockey papai advertiu:

— Vai na frente que você está ridícula com esse sapato!

Meu irmão caçoava:

— Você está parecendo um aperitivo. Uma azeitona espetada num palito!

Tudo inveja da minha magreza "elegantérrima"! Eles ainda estavam na Marilyn, mas eu, representando a vanguarda, já curtia a Veruska. Papai se perdeu na multidão. Ao Haroldinho, dei uma grana e o tranquei no restaurante onde ele consumiu uns 40 *milk-shakes* de chocolate com *marshmallow*, que o deixaram acamado por algum tempo. E fui ao bar, onde pedi uma Coca-Cola com gelinho, que eu rodava com o dedo dentro do copo. Eu farfalhava as anáguas... Era uma festa! Tudo teria dado perfeitamente certo se eu não tivesse tentado me deslocar pelas escadarias da social com o copo e o maldito gelinho que eu insistia em rodar.

Fazer tudo, pra quem não tem experiência, não dá certo! Resultado: despenquei lá de cima com copo, gelinho, dedinho e quebrei o salto do meu sapato. Quando acordei, várias pessoas me olhavam curiosas. Quis me levantar e um senhor muito gentil segurou minha cabeça e disse:

— A ambulância já está vindo. Fica quietinha!

Levantei a cabeça para procurar o meu sapato. Desmaiei.

No hospital do Jockey, não podiam me atender. Tinha que levar uns oito pontos no queixo e eles estavam sem medicamento algum. Não me lembro. Papai não aparecia e eu fiquei lá, naquela maca, pensando no meu sapato de perlê. Até que ouvi passos! Da maca, dava pra ver uma senhora de 60 anos "e-le-gan-tér-ri-ma"! Ela olhou para minha cara e foi taxativa.

— Você fica péssima de vermelho escuro!

Era o sangue que havia manchado o vestido. Mas não perdi a pose.

— Mas o vestido é gelo!

– Menos mal! – Respirou fundo. – Vamos ver o que podemos fazer. Seu pai está na torre e não vai poder sair de lá porque vai correr o Grande Prêmio agora. Eu vou botá-la no meu carro e vamos para uma casa de saúde especializada.

O carro era enorme e o motorista estava uniformizado. Parecia um sonho. Ela lia o *Times* e, de vez em quando, batia na minha perna e dizia:

– Você é muito *chic*! Magrinha! Não engorde nunca! Está doendo?

– E o meu sapato de perlê?

– Você gostava muito dele?

Comecei a chorar. Só chorei por causa do sapato.

– Bobagem! Vão-se os sapatos, ficam os pés! Aquele sapato não te trouxe boa fortuna.

Ela me arrasou!

A chegada em casa foi uma glória! Todos os meus amigos do prédio sentados na portaria e eu descendo daquele carrão, ajudada por aquele motorista "elegantérrimo". Nas mãos, o que sobrou dos meus sapatos. Apenas um. Embora ostentando um queixo partido, tinha tido uma tarde inesquecível. Meus amigos me ovacionaram de pé.

No dia seguinte da desdita, chega uma maravilhosa caixa com um laço de fitas cor-de-rosa. Era um novo sapato de perlê, só que, desta vez, com os saltos muito mais altos. Fiquei tão apaixonada que nem lembrei de ler o cartão, e a relaxada da Divina, minha empregada, jogou fora. Nunca soube o nome dela. Mas achei tudo maravilhoso. Mesmo porque, as fadas não têm nomes.

Serei mais velha amanhã
Telha vã, água furtada
Puxado do teu quintal
E quanto mais, menos sou, nada,
Ofereço menos mal
Menos você me deve
Cada vez fica mais leve
Cada vez menos real.

Achadas e perdidas

A vida de tia Santinha há muito tinha perdido seu encanto favorito, mas adquirido outros...

Eram tantas as perdas que ela nem fazia mais conta. Sumiram da sua vida, como que por encanto: um marido, dois filhos, guarda-chuvas, canetas, bolsas, anotações comprometedoras, lista de compras, enfim, tudo fugia ao seus olhos sem que ela pudesse fazer nada para impedir.

A primeira grande perda foi do tio Antão. Sumiu na feira de São Cristóvão, enquanto os dois, alegremente, comiam uma saborosa carne-de-sol com farofa de bolão. Ela chegou a me dizer que pressentiu, mas não deu pra fazer nada.

– Eu tava ali... comendo minha carninha, ouvindo aquele forró, quando Antão falou que ia dar uma volta no Pavilhão... Ainda perguntei: "Pavilhão pra quê, Antão?" Ele deu um sorrisinho e entrou naquele escombro. Nunca mais mandou notícias... Fiquei lá na feira, sem um tostão pra pagar a carne-de-sol, e foi quando, graças ao meu bom Deus, conheci o Heleno – dizia ela esticando a blusa pra dentro da saia, como era seu hábito.

Argeu, o filho mais velho, ela perdeu pra Solange Bode-Rouco. Antes do casamento, ela se comportava como uma princesa, mas depois...

Sossô, como era conhecida, se tornou uma peste e a primeira providência foi deixar crescer o bigode e trancar o pobre Argeu dentro de casa. Tinha gestos bruscos, chamava as pessoas pra briga e só muito de vez em quando levava meu primo para tomar uma fresca no quarteirão. Ele passava sob a vaia da platéia, que, a essa altura, já tinha desmoralizado aquele casamento. Todo mundo sabia que o negócio da Bode-Rouco era outro. Argeu se fechou em copas e morreu para o mundo.

Tuné, o filho mais novo, ela perdeu pra Maruí, uma mulher de hábitos condenáveis que usava o corpo como bem lhe interessasse. Maruí não dispensava nem o tintureiro. A pouca vergonha se processava debaixo do nariz do marido. Enquanto contavam os pijamas, os ternos e as camisas do pobre Tuné, eles se embolavam e lavavam a roupa suja em casa mesmo. Tuné fazia vista grossa, não queria se aborrecer com a mulher. Tudo teria ficado por ali se Maruí não viesse, já há algum tempo, dando as roupas do marido para o lavadeiro. Todo dia Manelzinho se exibia com uma peça de roupa de Tuné. O primo enfureceu, pois era muito apegado às suas coisas, e resolveu tomar satisfações. Brigaram na tinturaria. O traído lhe acertou uns pescoções e Manelzinho caiu com a cabeça no ferro de passar. Foi um Deus nos acuda! O primo responde por isso até hoje numa penitenciária da periferia. Hoje ele é apenas uma peça no museu da inconsciente Maruí.

Isto posto, para tia Santinha, não restou outra alternativa a não ser se amasiar com tio Heleno, que, por sua vez, não a poupou de outros desgostos.

– Mas tia Santinha... outro que se foi?

– Ah, minha filha, o que é a vida se não uma sucessão de perdas? – dizia ela arrumando a blusa pra dentro da saia.

– Mas isso esta ficando muito monótono... c

– Depois que eles somem, fica ótimo! Dá uma vontade de começar tudo de novo e você sabe que a novidade é o chique da vida. O Heleno já "tava" ficando muito sem assunto... brigando por causa de cebola... reclamando a falta de tomate em casa... A vida "tava" tão sem graça, meu bem, que se a gente não puser pé firme, nada muda. Achei um lugarzinho propício e larguei ele por lá.

Era de abismar a naturalidade com que ela premeditava suas perdas. Era um crime perfeito. O homem sumia e ela nem reclamava o corpo. Também, não queria aquele corpo pra mais nada, como ela mesma dizia.

Falava com seu jeitinho meiguinho:

– Há uma hora em que o homem da gente começa a perder pro homem das outras. Eles não sabem, mas isso é muito triste! Não foi por falta de aviso. Ele devia ter se tocado quando comecei a falar muito do Antão. Fiquei uns três meses dando idéia... botando pilha... até que ele roubasse a idéia e caísse na vida... Depois, foi mole! Convidei pra dar uma volta nas barcas, fui pra Niterói, que você sabe muito bem que ali ninguém acha ninguém, fiquei olhando o Araribóia e Heleno se foi. Tomara que tenha ido pra uma ilha bem distante... Malvinas... Fernando de Noronha... Fiquei ali olhando ele fugir de mim.

– E não deu vontade de chamar, tia?

– Vamos que ele voltasse? Não quis arriscar.

– E agora, tia?

– Não sei... Sei lá... A gente nunca sabe...

Onde nunca moram princesas
Hoje eu tenho certeza
Nunca lá passou o belo

Nunca houve uma fada
Uma mulher malfalada
Uma casa, um castelo

Só o amor falando sozinho
Mentindo para menininhas
Histórias da carochinha

As meninas do Encantado

— Você me ama de verdade? – perguntou ele aflito, do outro lado da linha telefônica.

– Mais do que a minha própria existência e com todo amor que couber no coração dos outros – respondeu ela às gargalhadas, tapando o bocal do telefone para que ele não a ouvisse zombar. A fotonovela ficava em cima da cama com as frases já ditas riscadas. Elas nunca se repetiam. Depois de esgotadas todas as frases de um exemplar, corriam à banca mais próxima em busca de outro.

– Olha essa! É bárbara! – E lia dramaticamente: – "Não há nada de explicável entre nós dois. Exceto esse amor que nos rende e consome."

– Não, guria. Essa é espetacular! Vamos repetir!

Os namorados se rendiam diante da tormenta de palavras incontroláveis e inexplicáveis que diziam. Como, em tão pouco tempo de namoro, eles podiam ser tão amados e desejados?

Era o jogo de sedução que elas meticulosamente preparavam para eles. Havia um gestual ensaiado, um jogo de olhares, uma bossa à qual eles não conseguiam resistir. Investiam. Elas se retraíam, ruborizavam e pronto: eles estavam no papo!

Moravam no bairro do Encantado e sonhavam com o príncipe idem. Dedicaram suas vidas às frases feitas e amores desfeitos. Eram almas irmãs e sonhadoras. Ensaiavam beijos nos portais, abraçavam travesseiros e choravam lágrimas de crocodilo. Tudo inventado. Elas gostavam mesmo era de fotonovelas. O que mandassem fazer, fariam.

– Cremilda, você viu como o César Ricardo me olhou insistente essa tarde? Fiquei tão nervosa! Haverá outra intenção naquele olhar? Mas ele tinha aquela namorada, lembra? Ai, meu Deus! Vai largá-la e ficar comigo. Estou até vendo. Ele insistindo e eu negando, ele implorando e eu, finalmente, cedendo. Vamos ligar para ele e falar as frases da *Paixão que nunca tive*.

– Aracy, temos que comprar outra fotonovela. Esgotamos quase toda *Paixão*, só temos disponíveis três ou quatro frases.

– Não há pelo menos um reclame inspirado?

– Só o do Modess, mas fala muito pouco de amor.

– Azar!

– Não fala essa palavra! Diga, má sorte! – aconselhou Cremilda.

E foram suas últimas palavras. Daí então nada mais deu certo. Os rapazes se mostravam indiferentes às suas frases. Suas gargantas não seguravam as palavras, elas escapavam entre os dentes e caíam flácidas no chão.

– E se mudássemos um pouco. Podemos tentar... um livro – falou baixinho para Cremilda não assustar a amiga.

– Tá louca! Quer complicar nossa vida? No máximo, um filme musical.

Dividiram-se. Uma era Fred Astaire e a outra Gene Kelly. Dançavam em praças, festas, praias, grandes magazines, como a Barbosa Freitas, mas o palco favorito, o que tirava as meninas do sério, era a tal da Galeria Menescal. Ali elas evoluíam. Qualquer cena de filme mais excitante elas imediatamente imitavam.

Houve um dia em que Aracy, ao descobrir um desses enormes ralos de rua, do qual saía um ar poderoso, comprou um vestido esvoaçante e prostrou-se em cima. O vestido voava e Aracy fazia cara de grande prazer. Cremilda horrorizou-se.

– Aracy! Saia imediatamente de cima desse ar! Você sabe de onde vem esse vento?

– Ai! Pára Cremilda! Será que estou grávida?

– Sei lá!

Perdi-as de vista. Não sei o que foi feito delas na *nouvelle vague*, muito menos no movimento *hippie* dos anos 1970. De Ana Karina a Janis Joplin há um branco nessa história.

Dias atrás alguém me contou:

— Estive com as meninas do Encantado.

— E elas? — perguntei cheia de curiosidade.

— Estão repletas de felicidade. Engordaram muito. Estão sendo muito usadas em comercial.

Ameacei entristecer. Puro preconceito da minha parte. Por quê? Elas eram felizes.

— Elas se casaram? — insisti num festival de caretice.

— Imagina! Nunca tocaram nesse assunto. Ah! Elas fazem figuração em novelas. Se você souber de alguma coisa para elas...

— Você acha que solteiras, gordas e fazendo figuração elas estão bem?

— Pelos olhos risonhos que eu vi...

Finalmente, acreditei nas palavras do meu amigo. Mesmo que tente duvidar, não dá. Elas sempre brincaram muito bem com a vida e, com certeza, se divertiram bastante.

Não tenho nenhuma saudade
Da aurora da minha vida
Da minha infância esquecida
Que os anos não trazem mais
Que amor?
Que sonhos?
Que flores?

Tudo eram dores
De amores.

De falta de poesia
Não havia a noite
Não havia o dia

Minha mãe me amarrava num lençol
Me prendia os movimentos
Entre gritos de clemência
Ignorados
O estupro
Um pau de laranjeiras e algodão
Sem deixar manchas no lençol
Uma garganta violada
Em nome da cura do nada.
No dia da embrocação

Toda quarta, pela janela

Não sei por que sofrer tanto por uma morte tão anunciada. Um país que não cuida bem da cozinha, da área dos fundos, querendo ganhar a Copa. Faz-me rir! Foi com esse pensamento, digamos, um tanto negativo, que atravessei a rua e entrei no botequim para comprar cigarros. Certamente não haveria, mas não custava nada tentar. Foi entrar no bar para vir aquela sensação de "já estive aqui antes". Tudo era familiar. As mesas, os freqüentadores, o velho apanhador de moscas amarrado no teto. Aquele que eletrocuta as bichinhas sem dar a menor chance de defesa. É... já tinha estado por ali. Atrás do balcão, uma senhora sacudida esfregava os copos como se deles fosse sair um gênio. Meu olhar estancou naquele rosto ainda bonitinho e não sei por que minha voz saiu meio infantilizada.

– Tem cigarros?

E tossi, tentando colocá-la nos meus 44 anos.

Ela não me respondeu. Olhou como se eu fosse um catálogo telefônico, com aquela letra miudinha. Insisti na pergunta.

– Ainda tem cigarros?

– Você não é a filha da dona Maria e do seu Haroldo?

– Sou – respondi temerosa.

– Qual delas?

– A do meio. A problemática.

Rimos e eu matei a charada. Aquele dente de ouro era meu velho conhecido. Estava ali, em pessoa, a Guiomar do Ilusão. A mulher que passava um colarinho como ninguém. Dava aulas de capricho no serviço. Sabia finalizar uma jogada. Mamãe vivia se gabando para as amigas da prenda que tinha em casa. Recémchegada de Olinda, trazia na pele e nos cabelos a presença holandesa e aquela mania de perfeição tão comum aos europeus. Guiomar teria ficado para sempre entre nós se um belo dia em seu quarto do subúrbio ela não tivesse recebido a visita do perigoso Ilusão. Um bandido afamado nas redondezas que se gabava de poder ter a mulher que quisesse, onde e como bem entendesse. Coisa de cafajeste!

Guiomar arrastava os móveis. Segundo ela, toda vez que estava para "ficar", dava uma vontade de arrastar móveis... E lá estava ela: cômoda pra lá, cadeira pra cá, o suor escorrendo pelo corpo, aquele calor de janeiro, as janelas abertas, a umidade relativa do ar e pronto! Ilusão veio no cheiro. Pulou a janela e quando viu a Guiomar de calcinha e sutiã, naquele lesco-lesco, não resistiu e declarou-se culpado. Deu-lhe umas três namoradas meio a contragosto (pelo menos, foi o que ela alegou a seu favor). Mas Ilusão era um bandido responsável. Vendo que tinha se apaixonado, ao se despedir deixou uma grana para ajudar nas despesas. Isso tudo ela contou aos prantos para minha mãe, que não sabia o que dizer.

— Mas, Guiomar, foi à força?

— Juro, dona Maria. Aquele homem me abusou. Pulou minha janela e, quando eu vi, já estava em cima de mim.

— Que horror, minha filha!

Ilusão passou a freqüentar as noites de quarta-feira de Guiomar. Era um prazer e um dinheirinho certos. Virou rotina. Ela foi se desencantando dos colarinhos, dos punhos e das águas de goma. Só pensava no Ilusão. Resolveu que ia largar o emprego e se dedicar integralmente a ele.

— Minha filha, não largue o seu pior emprego, pelo seu melhor marido. Dá para ficar com os dois. Bota a cabeça no lugar, Guiomar. Trocar tudo por uma "ilusão" qualquer — essa ladainha era diária lá em casa.

100

– Você quer ir comigo pegar um dinheiro com o Ilusão?

Essa pergunta era tudo que eu queria ouvir. Conhecer o Ilusão era a minha máxima aspiração.

– Claro!

O botequim estava vazio. Eu carregava minha cachorrinha na coleira, foi a única desculpa que eu consegui arrumar para sair de casa. "Vou levar a Dunga para passear." E agora estávamos as três ali, sentadas, esperando o Ilusão. Eu olhava para o teto e lá estava ele, o eletrocutador de moscas incautas, novinho em folha, mas amarrado por um barbante que se desprenderia a qualquer momento. No centro da mesa de mármore, um prato coberto por um tapa-bolo de filó, cheio de doces, que eu olhava com desespero, pronta para devorar.

– Não pode comer porque eu ainda não peguei o dinheiro – avisou Guiomar.

Na chegada do Ilusão eu entendi tudo. Guiomar sempre esteve coberta de razão. Imagina aquele homem pulando a janela! Até a Dunga, minha cachorra, que era muito recatada, não parava de pular em cima dele. Se mamãe tivesse visto ela ia compreender...

Agora cá estou, de frente para Guiomar, tantos anos depois, apanhando um maço de cigarros que ela sabiamente guardou para servir aos amigos.

– O Ilusão está bom. Tá preso. Pegou 40 anos de cadeia. Mas eu vou esperar por ele até a morte. Toda quarta-feira eu vou na penitenciária e nós ficamos juntinhos no parlatório – falou ela com os olhinhos brilhando, cheios de saudade.

– Que bom, né, Guiomar! Agora quem entra pela janela é você.

Ela pra mim é um marco
Da Bel
Da minha vida
Moedas do céu
Penny from heaven
Penas pra mim

Marília me descobriu um dia
Como Cristóvão Colombo
A Pinta, a Nina e a Santa Maria
Lágrimas sobre o seu ombro

Marília amiga-palavra
Gastamos todas, não foi?
Do rei de Roma a Madri
A roupa que rato rói

Marília minha planta dormideira
Sinto, toco, transmudo
Médio, grave, agudo
Teu riso na vida inteira.

Marília irmã desgarrada
Gargalhada preferida
De toda flor cultivada
Foste tu a preferida
Não chores por mim Marília
Que a vida é água corrente
Riacho que a vida estanca
Arranca
De repente.

Aos amigos, tudo!

A perspectiva de levantar da cama, me arrumar, e ter que ir para o Centro da cidade não me deixava nem um pouco de bom humor, mas quem sabe não aconteceriam coisas boas. Encontros prazerosos? Pensava eu, otimista.

O escritório do advogado parecia a sala crematória do inferno. Devia estar uns 60 graus perto da janela e o ar refrigerado para variar estava quebrado. O advogado falava... falava... e eu já não ouvia mais nada, só queria sair dali e tomar um sorvete de pistache na Cavè.

– A senhora está prestando atenção no que eu estou falando?

– Nenhuma. Enquanto o senhor não consertar esse aparelho, pode considerar todas as minhas causas perdidas. Eu não venho mais aqui!

Mais um minuto naquela sala e eu seria recolhida pela pá da faxineira.

A rua estava um caldeirão, mas rua é rua. O povo passando de lá pra cá, lanchonetes e bancas de jornais cheias de notícias sobre o Plano Collor e muitos, mas muitos apostadores.

– Eu quero um pastel de carne, um *tuti* de laranja e um sorvete de pistache, com biscoitinhos... e...

O garçom olhava para mim esperando uma deixa para falar alguma coisa que eu, na minha voracidade, não deixava.

– A senhora me dá licença? Aquele senhor, naquela mesa ali, está querendo falar com a senhora.

De longe, não dava para ver direito, mas aqueles traços eram familiares. O corpo, pelo jeito, não pertencia ao rosto, tinha sido bastante deformado pelo excesso de gordura, mas aquele sorriso era irresistível. Sorri de volta para o sorriso, que imediatamente se levantou e se aboletou na minha mesa.

– Maria Carmem, você lembra de mim?????!!!!

Ó o "problemão" criado! Eu sabia que o conhecia, mas não sabia nem como e nem de onde.

– Tô meio calvo, engordei paca, mas sou o mesmo. Heitor! O Tôzinho!

Abraços efusivos. Corações apertados, num momento de grande sensibilidade. Tôzinho tinha sido meu grande companheiro dos tempos do colégio. Foi com ele que eu ouvi pela primeira vez Pepino de Capri e fui na primeira boate da minha vida, escondida dos meus pais, é claro. Tôzinho era muito rico, só andava de motorista pra cima e pra baixo, e tinha uma mãe genial, a dona Lalá, que andava sempre acompanhada de uma sobrinha chamada Mirinha, acho que era meio filha de criação, uma moça muito bonitinha. Dona Lalá fumava muito e estava sempre elegantíssima, mas sempre que podia, despachava a gente para algum lugar. Por causa disso, eu e o Tôzinho vivíamos batendo perna o dia todo. Foi um tempo muito feliz!

– Você casou?

– Casei, tive um filho maravilhoso e você? – perguntei.

Ele sacudiu os ombros e não me deu resposta.

– Lembra do Bira, do Candinho e do Pedro Góia?

Eram meus melhores amigos.

– Claro!

– Morreu tudo. Desastre de automóvel.

– Não fala assim, Tôzinho! Dá devagar essas notícias.

– São eles que deveriam ter ido devagar. Correram e pumba! Uma árvore!

Comecei a desconfiar que Tôzinho não estava bem.

– E sua mãe, dona Lalá? Tão linda!

– Ela tá ótima! Separou do meu pai e casou de novo.

– Puxa! O cara é legal?

• 106 •

– Que cara?! Sabe com quem ela casou? Com a Mirinha.

O calor começou a aumentar.

– Tá morando em Ouro Preto, fazendo artesanato, tapetes.

Ela e Mirinha se entenderam de vez.

– Ah!!

– No início, foi difícil aceitar, mas mamãe sempre foi muito moderna, lembra?

– Lembro.

O silêncio caiu sobre o meu sorvete de pistache.

– Você tá legal de grana?

– Não como você, né, Tôzinho? Mas tá direito...

– Eu tô ralando. Perdi tudo que eu tinha no Plano Collor. Ainda bem que ninguém nunca se interessou por mim, já pensou se eu tivesse casado? Como é que a mamãe e a Mirinha iriam viver?

Tôzinho foi embora deixando a conta para pagar, depois que eu insisti muito. Fiquei ali mexendo meu caldo de pistache e pensando que alguma coisa tinha que ser feita pelo meu amigo. A decisão estava tomada. Sairia dali, pegaria um avião até Brasília, entraria no gabinete da ministra e diria em alto e bom som:

– Dona Zélia Cardoso, libera o Tôzinho, porque esse homem já sofreu demais!

E, QUEM SABE,
DE REPENTE, UM AMOR?

Fragmentos de amores e paixões

São só teus olhos
Que me fazem rir
Tuas mentiras como vão, vão bem?
Trafegam livres pela tua boca?
Ou as deixaste na boca de alguém?

Não ouço mais tuas histórias loucas
São só palavras, ridículos arremedos
E se me molho quando me tocas
É por teus olhos que me metem medo

Homem sweet homem

Isso não vai dar certo!

– Não vai dar certo o quê, Rachel? Ele só te convidou para ir ao cinema.

– Mas o que é que tem por trás desta simples ida a um cinema? Eu já estou até vendo! Vai vir com aquela conversa fiada e, quando eu der por mim, pumba! Olha eu na boca do lobo!

Não acreditava no que eu estava ouvindo. Tôzinho havia cometido o simples delito de ter convidado essa louca para sair e fora o suficiente para que todas as fantasias saíssem de seu armário e ela começasse a vesti-las uma a uma.

– Será que ele me ama?

– Não deu tempo, Rachel. Vocês só se conhecem há três dias.

– Mas tem gente que é rápida.

– O Tôzinho que eu conheço não é.

– É bom mesmo você me avisar dessas coisas. Eu é que não vou passar toda a minha vida esperando uma pessoa que nem está pensando em mim. Depois eu me envolvo, começo a gostar... Você sabe muito bem que eu tenho aquele problema.

– Que problema?

– Carência.

Ficou pensativa.

– Sabe há quanto tempo eu estou sozinha? Sabe lá o que é uma pessoa chegar até esta altura do campeonato? Tem que ser muito especial – afirmou, categórica.

– Mas ele só quer ir ao cinema.

– Cinema, cinema... Todos só querem ir ao cinema, depois a gente que agüente aquele final infeliz do filme que eles fazem. Já estou até me vendo naquela pradaria, sozinha, em *Colored by De Luxe*, esperando, esperando...

– E ele morto na guerra? – não resisti à conclusão.

– Que roupa que eu visto?

– Um modelinho casual. Um casaquinho de ban-lon nas costas.

– Ai meu Deus! *Candelabro italiano!*

Rachel tinha feito a passagem. Já não dizia coisa com coisa. Os delírios tinham tomado conta de sua consciência e, a partir daquele momento, seria tudo "pelo amor de Deus". Resolvi não importuná-la, aderindo à viagem. Citamos uns cinco filmes e seus figurinos mais marcantes. Ela hesitava. Foi me dando aquela coisa, fui perdendo a paciência e veio aquela nuvem.

– Vai de *Garganta profunda*, *Cicciolina*, *Christiane F*, vai de qualquer coisa, mas pára de me enlouquecer porque vai a um cinema com o pobre do Tôzinho!

– Tá vendo? Tá vendo? É assim que vocês são. Quando é a sua hora eu estou lá, solidária. Na minha vez... – e começou a chorar. – Estou nervosa! Acho que vou me apaixonar por esse homem! Isso pode ser muito perigoso! Eu não sei nada dele e ele pode me destruir!

– Vou buscar uma água com açúcar.

– Não tem uma coisa mais forte? Um comprimidinho? Porque uma coisa eu já decidi; não bebo mais. Homem não suporta mulher que bebe. Estou achando até que vou parar com muitas coisas na minha vida. Nas traduções, por exemplo, eu vou dar um tempo.

– Rachel, esse homem te conheceu bebendo e fazendo tradução na mesa de um botequim. Foi assim que ele te convidou para o cinema e você já quer parar com tudo? Não são precipitadas demais essas suas resoluções?

– Você acha? Você acha tradução uma coisa chique? Será que isso vai dar certo? – A cabeça virou uma betoneira. Misturou tudo.

Enquanto preparava a água com açúcar, eu pensava. O que pode levar uma mulher a ficar neste estado? A mulher perfeita. De preferência, sabendo tudo sobre ele para não errar nada. Ela não estava dando a menor chance ao acaso. É como se tivesse comprado um livro e aberto na última página. Ela queria o final da história. Que má sorte. Iria perder o melhor. O telefone tocou. Era Tôzinho.

– Rachel está aí?

– Está. Vou chamar.

– Não, não, espera. É que a gente combinou um cinema e não vai dar para eu ir.

Gelei.

– Quero combinar para um outro dia. Aconteceu um acidente e eu tive que engessar o pé.

– Tôzinho! Você vai de pé quebrado, mas vai. Compra uma cadeira de rodas, contrata um burro-sem-rabo, aluga um patinete, não quero nem saber... mas você vai levar a Rachel ao cinema. Pela nossa amizade! Vai ver uma comédia que distrai a dor.

Na sala ela me esperava ansiosa para perguntar:

– Será que nós vamos ter filhos?

Na rua que eu te rimo
Por uma questão de sintaxe
Toda vez que eu me aproximo
Você faz sinal pro táxi.

O pomo da concórdia

Quando Madalena aceitou aquele brinde da simpática vendedora da loja, não imaginou a quantidade de problemas que ele iria acarretar. Só deu conta da gravidade da oferenda quando a voz de Otávio, como sempre autoritária, ecoou pela sala.

– Olha o que eu achei na sua bolsa!

– O que é isto?

– Perdeu a capacidade de enxergar? Olha! Lá estava o Pomo da Discórdia.

– Pirou, Otávio? Isso é uma caixa de fósforos.

– Mas não é marca Olho, nem Pinheiro, muito menos Beija-Flor. Leia o que está escrito!

Lá foi a pobre, arrastando-se, pegar os óculos. Percebeu a miopia no dia em que foi contar com a ajuda dos dedos da mão e não enxergou coisa alguma. Nem o fura-bolo. Aquele casamento estava destruindo todos os seus sentidos. Aquele homem apático, aqueles filhos enormes que não precisavam dela para mais nada. Perguntava-se constantemente o que ainda fazia naquela casa.

Botou os óculos, mas de pouco adiantou. Esticou o braço para ler.

– MOTEL SEU CAFOFO. SUÍTES COM TV A CORES. GARAGEM E CINE PRIVÊ. SERVIÇO DE BAR COMPLETO. SE SUA VIDA ESTÁ UM TÉDIO, PROCURE-NOS. PARA ISSO CONTAMOS COM ACOMPANHANTES AUTAMENTE GABARITADOS.

– Escreveram altamente com "U".

– Não disfarça, Madalena! O "U" não está em questão, mas sim seu procedimento – prosseguiu impiedoso. – Abra!

• 119 •

Obedientemente abriu e viu que quase todos os palitos de fósforo estavam no lugar. Graças a Deus tinha fumado pouco! Mas não era só isso. Atrás dos palitos tinha algo que ela retirou com todo o cuidado. Era uma camisinha. Tinha uma estampa em cashemere bastante razoável. Lógico, sendo o rapaz muito moreno, não lhe cairia bem, mas um clarinho... Nossa que sucesso!

– Onde você achou isto?

– Na sua bolsa. E não foi só isso...

Bombons e balas Toffe foram despejados sobre a mesa. Madalena se defendeu como pôde.

– Não são minhas. Isso engorda. Eu não como isso.

Otávio, passado, assumiu o posto de vítima.

– A gente vive com uma mulher anos e anos e não a conhece. São 25 anos, Madalena, e 25 anos não são 25 dias. Tudo lhe foi dado: dedicação, respeito, fidelidade... E o que recebo em troca? Traição!

Madalena bocejou e tirou suas próprias conclusões.

Otávio, francamente, é um péssimo ator e o que é pior: é burro. Se ela o traísse, as coisas jamais teriam chegado ao ponto que chegaram. Ele teria uma mulher animada, falante, olhos brilhantes e cheia de amor pra dar. Era justamente essa ausência de desejo que ela tanto reclamava. Aquela mesmice, aliada a uma total falta de assunto, estava deixando-a cada dia mais fora de si. Imagine! Um homem que, em 25 anos, não foi capaz de cometer uma traição sequer. Só pode estar sendo vítima de uma grande apatia pela vida. Tantas coisas interessantes! E os filhos, pelo visto, puxaram ao pai. Não desencarnavam. Ninguém casava naquela casa? Ela mal podia se cuidar e ainda tinha que prover aqueles três barbudos. Ninguém tinha queda pelas artes. Todos nas ciências exatas. Que saco!

Como num filme, pela sua cabeça passavam os mais inconfessos pensamentos.

Tinha enjoado dele, sim. Enjoou no dia em que viu sua prótese dentária em cima do criado-mudo. Não foi pelos dentes. Foi pela mentira. Antes ele sorria e dizia para ela: "São todos meus!" Tudo mentira! E o pior de tudo era aturar aquele enfisema. Um homem que não tinha chegado aos 50 anos, fumando quatro maços de cigarro por dia. Pelo visto não ia chegar, mesmo. De noite, ao dormir, parecia que por dentro dele passava um metrô com uma forte *correspondènce* na altura dos pulmões. Tinha que admitir para si mesma: ela o odiava! Esse incidente de caixa de fósforos tinha vindo a calhar. Não desmentiria. Quem sabe aquele fardo que carregavam, chamado casamento, finalmente acabaria?

Otávio continuou olhando perplexo para a caixa de fósforos e aquele monte de bala sobre a mesa.

– Madalena, me diz se o que eu estou pensando é verdade?

Ela abaixou os olhos. Não disse sim nem não.

Ele se desesperou e passou a andar de um lado para o outro fumando e baforando alto.

O que fazer agora? Durante todos esses anos não tinha feito outra coisa se não gostar dela. Acostumou-se ao seu bom humor, seu descaso pelos filhos, sempre querendo deles uma coisa que não podiam dar e, ainda por cima, sua Síndrome de Pretensão Adquirida. Esse era o verdadeiro problema de Madalena. Ela não enxergava seu real tamanho. Julgava-se muito maior e tornava-se com isso uma chata de galocha. Mas ele a amava assim mesmo. Nunca a traiu. Algumas mulheres tentaram, mas resistiu bravamente. Não por moralismo, mas por uma certa medida de economia. "Mulher fora de casa é altamente dispendioso", já dizia seu velho e bom pai. E depois, Madalena estava ali. Para alguma coisa ela tinha que servir. Ela até fazia tudo direitinho, mas, de uns tempos pra cá, a coisa começou a ficar preta. Ficou cheia de não-me-toques, muita enxaqueca e caiu na passividade total. Começou a desconfiar dele e a fumar, desbragadamente, quatro maços por dia. Desse jeito, a coisa ia de mal a pior. Carecia fazer algo por sua saúde e por seu casamento, urgentemente. Mas o quê?

Madalena olhava a televisão e via calmamente a novela. Identificou-se com todos os personagens e chorou muito. Sabia as cenas de seus próximos capítulos. A separação. Otávio jamais a perdoaria. Estava feito! Seria melhor para os dois.

Otávio após meditar alguns momentos sentou-se a seu lado. Ela o olhou com um olhar de despedida, tentou falar, mas desistiu. Otávio acendeu outro cigarro e disse pausadamente.

— Os acompanhantes são altamente gabaritados mesmo?

E não esperou resposta.

— Vamos até lá!

— Otávio!!!!!!

Sei de memória quantas noites fio
Sei pelos dedos quantos dias teço
Minha faltas vêm de tanta história
Era uma vez o que eu desconfio
Era uma vez o que eu desconheço.

Às quatro e dez da tarde

Há uma moça que eu conheço que chora todo dia e por volta das quatro e dez da tarde... Ela arde, ferve de solidão. Pega o cabelo e reparte, do lado de lá de quem vem e nunca chega, por isso ela chora baixinho no vestido de algodão. Depois enjoa do pranto, aliás, com toda razão, fica nua na janela, faz gestos obscenos pras crianças, faz no cabelo uma trança, senta na cadeira e balança, pesa todos os seus dias e borda um paninho de mão.

Tudo que ela queria era cair na vida, mas é tão descolorida, vai dar certo, não...

Um dia passando do giro, se amasiou com um vampiro e ficou cheia de dívidas... de sangue. Disse, fria e calculista: "Desista! Nosso tempo de coagulação não é mais o mesmo." E lá se foi o pobre a esmo, bater asas no sertão.

Vez por outra ela sonha, chupa o dedo, enrola a fronha e lagarteia no quintal. Canta feito um passarinho, põe roupa na corda, se equilibra direitinho e anda de um lado para outro, olhando a roupa no varal. Pensa que não tem mais remédio, que as saias voam de tédio e que começou o carnaval.

Espera dar meio-dia. Com ela, nem panela no fogo, nem barriga vazia, só lataria... Muita salsicha diet e pão. Abusa e não engorda, porque é fraca do pulmão. Antes de tudo, confia na própria tosse, sabe que tosse bonito. "Esse é o som que eu emito!", diz orgulhosa de si. "Uns rosnaram, outros miaram, eu? Eu tossi!"

Pobre Amélia das Camélias!

Certa vez, um moço bonito insinuou uns olhares aflitos para a senhora da janela. "Serão para mim?", pensou ela.

— Eu vinha passando...

— Eu vi.

— Achei você tão serena...

— Que pena...

— Seus olhos me atraíram até aqui.

— Não ouvi.

— É surda?

— De um pulmão...

— Direito ou esquerdo?

— Depende em que direção você esteja indo...

— Ao seu encontro...

— Não fala assim.

— Falo.

E sem remorsos come-lhe a carne, roe-lhe os ossos e conta para todo mundo que fez e desfez do rapaz. Reza pelo Oriente Médio e pede muito pela paz. Pula amarelinha com as crianças da rua, mas não atinge o céu. Consola-se afirmando que ele, definitivamente, não combina com o seu temperamento ladino, imprevisível e mordaz.

Admite ter: amores meteóricos, disfunções metabólicas, cólicas pré-menstruais, delírios ambulatórios, surtos persecutórios, saudades de Minas Gerais. Admite querer: te levar para o Roxy, te agarrar num táxi a qualquer bandeirada, te conduzir num fox, te passar um fax e namorar na escada. *Oh, yeah!!!*

O espelho da sala pergunta.

— Tá fazendo o que aí, minha senhora?

Ela se admira e responde:

— Hora!

E lá pelas quatro da tarde recomeça a velha história, a moça, a louca, a insana, arde e ferve de solidão.

O que há entre mim e ele
De concreto mesmo
É só esse enfileirar de edifícios
Que separa meu olhar do dele.

O "g" da questão

— Marion está aflita esperando a senhora.

– Como aflita? Ela me ligou há dez minutos pedindo pra que eu viesse urgente. Eu vim.

O que será desta vez? Confesso que, toda vez que Marion me liga dizendo que tem uma coisa maravilhosa pra me contar, eu estremeço.

– Você sabe o que há de tão urgente, Custódia?

– A senhora sabe que urgência para dona Marion só existe uma: homem.

Custódia deve ter razão. Trabalha com Marion há cinco anos e está acostumada aos achaques passionais da patroa. Foi só ela falar para surgir a figura arrumadinha de dentro de casa. Ela era toda sorrisos e vinha exibindo um macacão de *jogging* novinho em folha. Parou na minha frente, deu uma voltinha e disparou:

– Sabe quantos anos ele tem?

– Muitos.

– Dezessete anos.

– Sabe quantos anos você pode pegar de cadeia?

– Muitos?

– Corrupção de menor, Marion!

– Vira essa boca pra lá. O menino é emancipado. Mora sozinho e tudo.

– Eu vou torcer pra que tudo dê certo. Que Deus te ajude e a mim não desampare.

– Ele falou que me ama, florzinha! Que em toda sua vida nunca conheceu uma mulher assim.

– E como foi que esse rapaz vivido e de idade avançada te conheceu?

Marion havia conhecido Antônio dias atrás, quando fora comprar um maiô para enfrentar as praias cariocas. Na loja superlotada, os olhares se cruzaram e por essas coisas do destino, Antônio se encantou com aquela balzaquiana que se perdia no meio de tantas opções.

– Posso te ajudar? – perguntou, galante.

– Você não imagina quanto – respondeu lânguida.

É claro que ela reconheceu que havia uma grande distância de idade entre os dois, mas qual seria a graça da vida se não pudéssemos transpor as barreiras? E foi com esse pensamento que ela passou pelo menos umas quatro horas na cabine experimentando roupas. Descobriram grandes afinidades. Adoravam lambada, *milk-shake* de chocolate da Chaika, eram amarradões em ficção científica e tinham visto todos os filmes do Spielberg, sendo que *E.T.* os levara à loucura. Mas o grande momento desse encontro foi quando ele lhe confessou que tinha tomado o Daime. Marion não resistiu e gritou:

– Eu também! Eu também!

Que afinidade! Uma conjunção astral tinha abençoado aquela união tão peculiar!

Não passou uma semana sem que Antônio ligasse.

– Marion. Sabe aquele maiô que você queria? Chegou hoje e veio em cores lindas.

– Será que tem o meu tamanho?

– Tem. Lógico que tem – disse apaixonadamente.

– Olha que eu sou GG, de grande – explicou ela.

– Não acredito. Eu olhei bem e você, pra mim, é P.

Ele não explicou de quê.

Marion não perdeu tempo. Vestiu a roupa que mais a favorecia, um *jogging*, e resolveu partir feroz para consumar a conquista. Mas antes, é claro, ligou para a minha casa e pediu que eu viesse urgente falar com ela. Era essa a urgência. Marion nunca me surpreendia. Lá estava ela outra vez apaixonada por uma hipótese de alguma coisa.

– Vamos lá, florzinha. Você vai comigo. Eu tenho que impressionar Antônio de uma vez por todas. Ao encontrá-lo, preciso de uma frase que exprima tudo que estou sentindo. Você, que escreve, tem que me ajudar.

– Não sei o que dizer. Eu não sou boa nessas coisas. Eu vou com você até lá e na hora te dou uma força.

A loja estava deserta. Ao fundo vimos um rapaz bonitão, com aspecto atlético. Sinceramente, Marion não estava de todo errada. Ela foi se aproximando dele, que a olhava com a ansiedade de um adolescente, e quando estavam quase rosto a rosto, Marion falou, canastrona:

– Já que eu sou P, quero saber o que há de verdadeiramente G nesta loja?

Sei não, mas acho que ele mostrou.

Pareço que escorro?
Escorro mesmo.

Pareço que atiro?
A esmo.

Pareço que sou?
É cisma.

Pareço prazer?
É asma.

Nascida para servir

— Foram aquelas pulseiras. Não adianta você ficar me olhando com essa cara que eu sei que foram.

— Que pulseiras, Marion?

— As escravas de ouro que eu ganhei quando fiz 15 anos. Foram elas.

— Não é possível. Ninguém se torna um ser dependente por culpa de um par de pulseiras.

— Eu achava bonito. Só me sentia segura se em meus dois pulsos reluzissem aquele símbolo do que me tornei. Uma escrava!

Era a terceira semana em que Marion freqüentava o analista. Em virtude desse fato, nos encontramos as três, eu, ela e Rachel, para discutirmos o andamento dos trabalhos. Rachel, como sempre, aquele desgosto. Já tinha consumido meia garrafa de uísque e estava inteiramente fora de combate, caída no sofá. De vez em quando, acordava e dava uns apartes inteiramente descabidos e voltava, a pedidos, a dormir. Marion continuava aquele aluguel com vista para o mar. Caro.

— A minha analista está trabalhando muito esse meu lado. Outro dia, cismei que iria comprar um videocassete. Como sou uma incompetente, inadimplente e outros entes, nunca soube que vídeo tinha várias cabeças. Você sabia? Tem vídeo de até quatro cabeças!

Rachel acordou e aparteou.

— Eu só tenho uma e ela está péssima. O que eu iria fazer com mais três? Pagar quatro analistas? Vocês estão inflacionando a neurose!

Disse isso, virou para o lado e dormiu.

– Agora que a idade está chegando eu fico vendo que eu não fiz nada. Não construí nada. Rachel é feliz do jeito dela. Você tem um filho, escreve suas "coisinhas"... E eu? O que eu sou?

Aquele "coisinhas" da Marion me irritou profundamente. Como eu queria que Rachel acordasse e dissesse umas poucas e boas para ela! Mas Deus sabe o que faz! Ela não é uma pessoa de fácil solução. Primeiro, porque não oferece a menor resistência ao sofrimento. Entrega os pontos de cara. Segundo, porque só pensa em "homem". E homem, como vocês sabem, não dá camisa a ninguém. Você que leve a sua bolsa.

– Eu gosto deles. De olhar, tocar, me arrumar, servir. Eu sou uma gueixa. Eu adoro *Madame Butterfly*! Choro quando lembro!

Acordou o gigante adormecido. Rachel chegou até a botar os óculos.

– Isso é perversão. Você está muito doente, precisa de uma junta médica.

E arrematou:

– Você não "muscula" tanto? "Muscula" esse cérebro. Pensa! Pensar enrijece a massa encefálica e eu não iria precisar ficar ouvindo essas coisas cafonas! Isso que você está falando é obsceno!

Ó o sururu armado! Rachel se levantou. Se bem que, estar levantada ou sentada não fazia a menor diferença, mas, de qualquer maneira, foi uma atitude. Eu pedia calma porque, daquele jeito, a gente não ia chegar a lugar algum.

– Eu quero é ir pra minha casa! – gritava Rachel. – Você quer saber por que eu bebo? Por causa disso. Você sai de casa na melhor das intenções e é obrigada a ouvir semelhantes disparates.

– Você é uma recalcada! – replicava Marion.

A "lavação" de roupa suja foi tão forte que, quando dei por mim, estava fazendo um mingau de maisena no fogão. Não me perguntem por quê.

Essas meninas me dão muito trabalho! Eu vejo todo mundo ter umas amigas normais, só eu convivo com Tom e Jerry... E ainda os convido pra conversar.

– Eu não tenho culpa de ser do jeito que sou – soluçava Marion. – Eu fui educada para casar. Foram aquelas pulseiras nos meus 15 anos!

– Mas já dava tempo pra você ter se curado desse trauma. Podia pelo menos ter empenhado as escravas. Não seriam grandes coisas, mas, pelo menos, seria uma graninha que você poderia aplicar em algum lugar. As escravas podiam ter pagado a sua análise.

Foi o que pude dizer. O veneno é o antídoto! Ou seria o contrário?

– Vou indo – disse Marion. – Minha analista está me esperando.

E bateu a porta.

– Essa mulher me irrita de um tal jeito! Não sei como você pode ser amiga de uma criatura nessas condições! Não me convide mais para tomar chá com uma pessoa que só sabe falar em homem. Ela tá quase virando um! E não pense você que eu não a ouvi chamar os teus escritos de "coisinhas". Só não dei uns tabefes nela porque eu estava tendo um sonho maravilhoso.

– Se mal lhe pergunto, Rachel, sonhando com o quê?

– Com homem. Enooorrrmmmee!!!

Como me expus em taças
Vinhos, veias, licores
Na certa me bebes as dores
De certo me vês às traças

Meu amor tem olhos de nuvens
Que quando o sorriso clareia
Ardem, encharcam, inundam
E afogam a lua cheia.

Uma pequena fábula

Ela se olhou e o espelho das águas a refletiu.

– Oh, meu Deus! Não posso mais me debruçar sobre um lago! Não que ela fosse velha. Estava apenas passada. Isso a atormentava. Sempre tivera os olhos no futuro e este estava cada vez mais perto. Ela se desesperava.

– Cindy, traga meus óculos para longe. Poupe-me desta triste realidade – suplicou.

E lá vinha ela. Linda aos 18 anos. Cachinhos dourados, sobrancelhas arqueadas, olhos azuis, pele de marfim, corpo musculoso, amarrado num corpete e, só para irritá-la, cheia de passarinhos em volta. Era de lascar! Condenada a esta convivência que, todos sabiam, jamais daria certo.

– Chamou, *brother*? – perguntou o pequeno querubim.

A madrasta respirou aliviada. Pelo menos isso. Era uma analfabeta de pai e mãe. Onde já se viu, chamar uma madrasta "chiquerrerrezézima" como ela de *brother*? Se ainda fosse *sister*... Ninguém viu, mas dos seus olhos rolaram duas grossas lágrimas. Criara esta menina com tanto carinho, a colocou nos melhores colégios, dera-lhe do bom e do melhor, isso sem contar o sacrifício que fez para retirá-la da roda dos expostos. Documentos e mais documentos para adoção! Ela penou. Para quê? Para nada. A menina só queria falar com os bichos. Vivia cercada deles. Só se preocupava com tarefas menores. Lavar chão, pratos, talheres, e outros objetos menos cotados. Cindy era um desfrute! Quando criança a levou nos grandes especialistas, acreditando ser esse excesso de imbecilidade fruto de um retardamento mental. Fortunas foram gastas e todos foram unânimes:

– Isto é uma porta. Sua inteligência atinge a escala de um galináceo. Relaxe.

E lá ia a pobre bruxa arrastando aquele pequeno ser, lindo, mas quase onomatopéico, pelas ruas.

– Um homem rico há de se interessar por ela. Ela tem tudo que eles querem e ainda por cima não fala!

Os arautos trouxeram a grande notícia. Um baile na corte. A bruxa chamou suas verdadeiras filhas. As que eram sangue do seu sangue e as duas disseram que estavam muito ocupadas. Uma fazendo mestrado em agronomia e a outra, antropóloga conceituadíssima, continuava seus estudos em "Política sem Estado". Ambas não deram resposta.

– Cindy, olha que lindo vestido você usará hoje à noite!

– Chocante! Maior "visu"!

Era essa eloqüência da pequenina que acabava com ela.

– Só isso que você tem a dizer?

– Posso dizer, por exemplo, que são cores belas e relaxantes. Cores "odaras" – falou num grande esforço.

A bruxa insistiu.

– Vista! – ordenou a déspota.

Ficou um primor. E lá foram elas.

O baile estava concorrido. Pessoas de todas as partes. Lindos rapazes e moças envergando suas fardas e trajes da gala. E lá no canto, sentado, estava o príncipe. Triste! Parecia um cachorro na chuva. Foi quando ele a viu. Seus olhos ficaram presos aos dela. Seu corpo ganhou uma postura imponente. Pigarreou e se dirigiu ao encontro das duas mulheres. A bruxa mais que depressa botou a pequena Cindy na frente para que ele a admirasse, mas a parva só reclamava.

– Ai, esse sapato de cristal que você inventou é horrível! Tá me machucando

– Tira, inferno!

E lá ficou a linda Cinderela esperando seu príncipe com os sapatos na mão. Ele caminhava a passos decididos em sua direção. Seus olhos estavam hipnotizados por aquela mulher que seria sua para sempre. Sua respiração era ofegante, suas faces rubras e suas mãos trêmulas. Ele a abordou como todo príncipe deveria abordar.

– Queres dançar para sempre comigo? – E estendeu os braços afetuosos para a bruxa.

– Ai, o que eu faço com os sapatos? – entojava-se Cinderela.

Nunca se soube a resposta. Só sabemos que o príncipe e a bruxa valsaram felizes para sempre.

(Sempre quis contar essa história assim. Grande príncipe!)

Eu sempre quis
Te conduzir numa dança
Te pegar pela cintura
E te embalar num fox

Eu sempre quis
Te seduzir no Roxy
Num táxi
A qualquer bandeirada

Só te desejo em movimento
Por isso te penduro numa corda
E te amo ao vento.

Um caso de rotina

Não sei por que marcar com ele às dez e meia. Podia ter marcado mais cedo e assim esperaria menos tempo. Mas também, não sei porque esta agonia, ele não virá mesmo. Os homens são assim: marcam o que não marcam e não comparecem, e prometem o que não cumprem. Já estou na quarta roupa e nada me cai bem. Eu devia ter dito não. Ter sido firme. Devia me poupar desse tipo de desgosto. E ficar me arrependendo pelo resto da vida? Tá boa? Esse cabelo está uma droga! E se ele começar a falar em inglês? Eu não entendo patavina. Ó, meu Deus! Como eu sofro! Já chega aquele dia em que ele me ofereceu um *After eight* e eu tive que dizer que não gostava porque não sabia o que era. Pior para mim, nunca mais pude comer um na frente dele. Eu devia me dedicar a uma causa mais justa. Nunca foi meu talento. Nunca evoluí nessa área. Sou um quadrúpede comendo folha. E no fundo, no fundo, aquela certeza de que ele não virá.

– Alberto? Tá fazendo o quê? Sou eu. Não... bobagem... eu tava pensando que depois que eu resolvesse um compromisso aqui a gente podia sair. O que você acha? Que bom! Te ligo daqui a pouco. Mil beijos.

Pelo menos agora eu não sobro. Se ele não vier, certamente, o Alberto virá. Esse nunca falhou. Pelo menos nós rimos muito juntos e isso, hoje em dia, é um achado. Por que eu não sou apaixonada pelo Alberto no lugar desse desconhecido que me dá sempre a sensação de que eu vou morrer a qualquer instante? Que me deixa vulnerável, ansiosa, falando sozinha feito uma maluca dentro de casa e, na hora em que ele chega, pareço uma "mulher-bombeiro", aquela que veste o uniforme, desce pelo mastro e cai à sua frente batendo continência. Se a minha mãe souber que eu ando me comportando desse jeito...

— Vai sair, mãe?

— Não te interessa. Pára de se meter na minha vida.

— Ihhh! Já sei até com quem. Pra tá virando essa cobra... Liga pro Alberto que ele vem.

Inferno de garoto! Em tudo ele tem que se meter.

Por que filho faz isso com a gente? Por que eles dizem coisas tão sábias? Já são dez e meia, já fumei um maço de cigarros, já coloquei o vestido mais lindo que eu tinha e ele ainda não deu sinal de vida. A última vez foi igualzinho, marcou às dez e chegou às três da manhã dizendo que o carro tinha quebrado e... Ele nunca teve carro, não sabia dirigir... Será que foi o táxi? Eu insisti e ele me disse que era uma surpresa que iria me fazer e eu fiquei toda feliz. Acho que vou ligar pro Alberto. Tenho a certeza absoluta que vou ligar para o Alberto.

— Oi! E aí? Vamos? Daqui a quanto tempo? Quinze minutos? Tô pronta. Beijo.

Tomara que os dois cheguem juntos. Tomara que ele veja que eu não estou abandonada e, se ele não quer, tem quem queira. Já são quase onze horas e ele marcou às dez e meia, podia pelo menos ligar avisando que ia atrasar. Cafajeste! A campainha!!! Qual dos dois?

— Alberto!

Nunca sorri tão amarelo em toda a minha vida. Combinou com meu vestido bege e eu fiquei toda pastel. Tava bonitinha. Alberto fala e eu não escuto uma palavra. Se eu atrasar o passo até o carro, talvez dê tempo dele chegar. Nunca andei tão devagar na minha vida. No fim da rua eu pude ver um homem com um ramo de flores na mão. Só podia ser ele. E agora? O que eu faço? Alberto fala, fala, fala e mostra o carro novo. Eu olho pro homem que se aproxima. É ele. Quantas flores lindas. Colheu pelo caminho, daí a demora. Alberto vai entender.

Se durmo contigo esta noite
Amanhã terei vida
Mesmo que durmas de roupa
Mesmo que acorde vestida.

Marion, Marion

Era a quarta vez naquela semana que Marion chegava lá em casa aos prantos.

– O que foi desta vez, Marion?

– O Beto ainda não me ligou. Você acha que ele não vai ligar, não é?

– Eu não acho nada. Eu nem conheço o moço.

– Mas você conhece os homens e sabe muito bem que homem é tudo igual. Ô raça!

– Mas Marion, você só viu esse rapaz uma vez.

– É o que basta. Foi um encontro de almas gêmeas.

Caída no sofá, deixava que as lágrimas inundassem meu tecido caríssimo recém-trocado. Não que eu não me compadecesse dela, mas já estava passando do limite. Marion sofria de delírios passionais por qualquer par de calças que aparecesse na frente.

– Foi um encontro de almas gêmeas. No meio daquela festa requentada, ele me abraçou e disse que me amava. E o beijo? Eu conheço, gente, aquele beijo foi pra sempre. Por que agora não me liga? Não faz um sinal de fumaça? Me larga assim como se eu fosse um cachorro sarnento. Ô Beto, eu te amo!

A dramática chorava e babava no meu sofá novinho. Eu disfarçava pegava um livro pra ler e deixava minha amiga à vontade na sua paixão adolescente.

Há uma semana, antes de conhecer o Beto, Marion tinha sido atropelada por uma forte atração física pelo *maître* da churrascaria em que almoçávamos. Entre picanhas e chuletas vira-se ela suspirosa:

– Ele me olhou.

– Quem?

– O *maître*.

– Vai ver está querendo saber se a gente vai pedir mais alguma coisa e...

– Aí é que você se engana. Foi um olhar de cobiça. Eu conheço.

– Marion, pega leve, o homem está trabalhando, ninguém tá mais nessa... Isso é coisa do passado.

Daí por diante o almoço virou um inferno. O assunto era só esse. Um tal de passa batom, tira batom, penteia o cabelo, caras, bocas... Um saco! Marion tem problemas.

Com sua partida, meu sofá secou e a calma voltou a reinar no meu sacrossanto lar, mas durou pouco.

– Florzinha, florzinha!

Era ela que voltava radiante de alegria.

– O Beto ligou. Cheguei em casa tinha um recado na secretária. Liguei de volta e marcamos um chope para hoje à noite. Vai ser um estouro!

– Boa garota! Que felicidade! Enfim, um amor por seu coração!

– Só tem um problema.

– Qual?

Cai de novo em prantos, em cima do meu sofá, mas desta vez forrei com um pano de prato.

– Não lembro mais da cara dele. Tá vendo? Tá vendo? Os homens somem, ligam dias depois e acham que a gente tem obrigação de lembrar como eles são.

– Mas Marion, você tava se rasgando por esse homem agorinha mesmo.

– Eu não vou a esse encontro. Não vou. Não me lembro como ele é.

– Você vai sim. Você está me alugando com essa história, chorando e babando no meu sofá, agora você vai.

E Marion foi. Voltou uma semana depois acompanhada de um rapaz barbudo, como uma bolsa a tiracolo que mandava olhares de petista paixão para ela.

Tudo tinha dado certo. Fiquei feliz pela minha amiga e estendi a mão com verdadeira alegria para o enevoado rapaz.

– Muito prazer, Beto.

– Não, florzinha, ele é o Marcola. Eu acabei errando naquele dia, quando vi era com Marcola que eu tava falando, não com o Beto. Foi um encontro de almas gêmeas! Não foi, amor?

Marion continuava falando enquanto Marcola se desfazia em olhares lânguidos e eu pensava, cá com os meus botões, que crianças, bêbados, cachorros, e, agora, sob nova direção, as mulheres carentes, Deus protege.

Na vida só tenho um desejo
De um dia receber um beijo
Igual a todos que já dei

E num só beijo recebido
De volta os beijos perdidos
Nas bocas que já beijei.

Carência efetiva

—Todo mundo ama errado! Amar é contra a Lei da Gravidade. É como tomar um copo d'água deitada! Não dá certo.

– Quem falou que não vai dar certo? Que mania você tem de derrubar tudo. O moço é bom! Pode não ser o máximo, mas se esforça e tem dado provas disso. Só de te aturar...

– Eu vou terminar tudo e vai ser agora. Não vou esperar ficar bom pra ele chegar pra mim e dizer que acabou. Acabo eu. Vai ter que acabar mesmo, não vai? Então acabo de uma vez.

– Olha, Rachel, homem hoje em dia é uma raridade. Se você ficar se fazendo de besta, a solidão vem e te pega.

Rachel finalmente tinha se apaixonado. Era um rapaz bonzinho, mas ela não tinha talento para perceber as coisas do amor. E como toda pessoa que não percebe nada, Rachel começou a botar defeitos e mais defeitos no rapaz.

– Por que a minha libido só funciona com homem pobre?

Marion tentava explicar para ela os mistérios da convivência a dois:

– Rachel, tem que tolerar. Tem que ser menos exigente e fazer vista grossa. Se ele não tem dinheiro... paga pra ele. Se ele não sabe, ensina. A vida é assim mesmo. Uns ajudando aos outros.

– Mas ele não tem dinheiro nem pro ônibus. Já tá me devendo uma nota.

– É um investimento que você tá fazendo. Que falta de tino pra negócio! Vamos que amanhã esse homem enriqueça?

• 157 •

– Vai me dar um chute no traseiro e ficar com a primeira atriz-modelo que aparecer pela frente. Um homem rico não vai ficar comigo.

– E pra que você quer homem rico? Você é comunista! Não suporta tocar em assunto que envolva dinheiro.

Essa lengalenga das duas já durava dias. Marion, na sua treinada sabedoria, tinha um pouco de razão. Até agora, Rachel tinha dado provas de uma profunda intransigência em relação ao bofe. O que tinha de mais um homem não ter a mesma situação financeira?

– O que que tem?! O que que tem?! Ele pegou o último dinheirinho que eu tinha juntado com tanto sacrifício e me pediu emprestado pra pagar uma dívida urgente. Tudo mentira! Ele aplicou foi no *over*. Veio o Plano Collor e o meu dinheiro ficou preso. Eu vou me matar!!!

Marion não entendia o sofrimento de Rachel.

– Dinheiro, minha filha, a gente ganha outro, agora homem, se ficar preso no Banco Central, quero ver você recuperar de novo! Mil vezes preferível ser uma pobre acompanhada do que uma rica encalhada!

Marion foi se entusiasmando com seu amontoado de sandices até que nos presenteou com esta pérola:

– Coração é músculo, se não malhar, cai!

Rachel, de fato, terminou seu romance e acabou ficando no "ora-veja" do seu suado dinheirinho. Como tudo é pretexto, a bebida foi seu lenitivo. Várias vezes fomos buscá-la caída no Baixo, ora Gávea, ora Leblon. Em duas semanas, ela já tinha sido agraciada com mais cinco quilos. Rachel embagulhou! Marion aflita buscava medidas que amenizassem o sofrimento da nossa tão querida amiga, mas era em vão, ela queria era mais! Até que Marion chegou com mais uma de suas brilhantes idéias.

– Garota, foi Deus quem mandou! Está vindo aí, diretamente de Barbacena, um primo meu, meio metalúrgico, que, tenho certeza, vai fazer a Rachel cair de quatro!

– Olha lá! Vê bem o que você vai fazer... A mulher está em carne viva.

– Deixa comigo! Esse não tem erro. Só tem uma coisa: Dario é muito tímido. Nós vamos ter que forçar uma barra.

O encontro foi preparado. Entramos na casa de Rachel, escondemos todas as garrafas de bebida e pedimos encarecidamente que ela tivesse modos. Moderasse no palavreado, cuidasse um pouco do visual, que estava um escândalo, e fosse principalmente, antes de qualquer coisa, doce. Rachel não disse palavra e sumiu para dentro da casa. O rapaz chegaria a qualquer hora.

– Agora seja tudo pelo amor de Deus! – desabou Marion no sofá.

– Dario!!!! Que bom que você veio! Estávamos justamente falando de você. A Rachel já está vindo, ela foi – e Marion apontou para a porta onde surgiu Rachel embrulhada nuns panos pavorosos.

– Vim logo me apresentando como sou pra ninguém depois ficar dizendo que minto. Sou gorda, bebo pra cacete, não suporto pobre e o último dinheiro que eu tinha outro pobre me levou. Acho melhor você mudar de freguesia.

Nunca mais soubemos de Dario. Parece que ele está trabalhando em Volta Redonda, amasiado com um torneiro mecânico.

Do jeito que ele se embala
Todo em papel crepom
Só fica o doce da bala
Só fica o bom do bombom.

Lambada e sorte

Era a quarta vez, naquele dia, que o telefone tocava e desligava. Só podia ser ele, o mudinho. Quem seria esse "homem" tão interessante dado a essa prática? Essa pessoa desinibida, cheia de si, orgulhosa da própria voz... Ela não tinha dúvida, era o ladrão.

– Homem é tudo igual! – dizia ela. – Advogado, médico, cabineiro, pipoqueiro, gatuno... Tudo farinha do mesmo saco! Basta a gente dar o pé, que eles pedem a mão. Eu não devia ter sido tão fácil... podia ter complicado mais as coisas para ele... Mas... e se ele me desse um tiro? – contemporizava, tentando entender o acontecido.

Era um dia normal e enjoado como tantos outros que acumulava ao longo de sua existência. Tinha ido até a loteria mais próxima e comprado uma raspadinha que, pelo menos, a ajudaria a passar alguns minutos na expectativa de alguma coisa.

Já em casa, acomodada em seu seguro lar, sentiu algo roçando em suas costas. Era um objeto contundente, alguma coisa parecida com um cano, que a espremia por cima da presilha do sutiã. Ela se voltou e procurou manter a calma diante do que via. O ladrão e seu revólver. Os três se mediram e sentindo sua infinita inferioridade diante daquele porvir... Ela abstraiu.

– Mas não é possível que uma pessoa não tenha o direito de fazer uma raspadinha em paz! Que negócio é esse? Mas onde é que nós estamos?

A voz vinha arranhando a garganta. Era o capeta falando.

• 163 •

– Vamos tratar de ficar boazinha que é pro "berro" num começar a tossir e a cuspir caroço. Se a "madama" ficar folgando muito vai ficar com a cabeça descolada do pescoço, correto?

– Que horror, senhor?

Aquele homem postado à sua frente, vestido daquela forma toda errada. Um tênis que não dava para acreditar, uma camiseta com dizeres em inglês que ela não conseguia sequer soletrar e um revólver que tremia no contratempo da sua respiração. Embora o texto tenha sido correto, parecia um figurante dando a fala do protagonista.

– O senhor não me amola, que eu não arredo o pé daqui enquanto não raspar meu último cartão. Se quiser, vai entrando e pegando tudo que brilha, porque vocês, eu conheço, gostam mesmo é de luxo e riqueza – afirmou categórica.

Embora a cabeça não quisesse pensar na gravidade da situação, o corpo mandou um sinal de alerta e ela sofreu uma paralisia momentânea. Por mais que olhasse o cartão à sua frente, seus músculos não obedeciam. Ela não conseguiu raspar coisa alguma, muito menos saber quanto tempo passou ali, olhando para o vazio.

Ele voltou para sala suado e sem camisa. Sua expressão era de grande indignação.

– Madame, como é que uma pessoa pode viver nesse mundo sem ter uma coisa que possa ser roubada?

Ela se embaraçou com aquela pergunta e mais ainda com a tatuagem que saltava do seu bíceps, como um desenho animado, tal era a inquietação muscular do facínora. Desviou os olhos e abstraiu outra vez.

– O senhor não procurou direito.

– Olha aqui, ó... eu tô no cumprimento das minhas obrigações... não vou sair daqui de mãos abanando... Faz favor de apresentar alguma coisa.

E ela foi se aproximando, ficando cada vez mais perto da solidão dele, sua falta do que roubar, dos seus dias em branco, suas noites em claro e, ainda por cima, daquela tatuagem! Dessa vez não deu para abstrair.

● 164 ●

Ficou ali, sendo tomado de assalto por um bom número de horas até que a insana e eloqüente mulher exclamou:

– Nooossa!!!

– Comigo é assim. Agora eu vou andando porque você está com a vida ganha, mas eu vou ganhar a minha.

Ele não primava pela delicadeza, em compensação, ela também não primava pelo recato. Correu atrás dele até a porta.

– Pelo amor de Deus, não some. – Enfiou um papelzinho no bolso daquela velha calça jeans e implorou. – Esse é meu telefone, me liga!

Deus me dê suavidade
Para que eu nunca arranhe com palavras
Nunca fira com meus gestos
Nunca atire a primeira lágrima
Deus me dê suavidade
Para que eu voe vez em quando
Pra que eu escreva com as estrelas
Quem em minha garganta haja sempre presa
Uma linda canção de amor

Que eu nunca toque, arpeje
Que eu nunca grite, solfeje
Que eu nunca limpe, suje
Que eu nunca ontem, hoje

Deus me dê mãos de fada
De histórias da carochinha
Que toda lenda bordada
Seja tua, seja minha
Deus me dê autoria
Preencha uma folha vazia
Com palavras coloridas
Pra que eu mereça ter nascido
Que todo meu tempo vivido
Valha esse amor pela vida
Deus proteja meu cio
Meu calor, meu frio
Meu grito solitário no telhado

Se nesta cama que é minha
Por acaso me vir sozinha
Venha, se deite ao meu lado
Proteja meus sonhos, delírios
Me aqueça dos calafrios
Dos meus pecados ateus

Por isso te amo tanto
Por isso te faço santo
Por isso te faço Deus.
Amém.

A gente faz qualquer papel

Há dias não fazia outra coisa senão rir dela mesma. Como não tinha descoberto antes, que tudo pode ser resolvido num estalar de dedos? Respirava fundo e olhava os sapatos novos. Podia-se dizer que era uma nova mulher e Alberto jamais a reconheceria. Fez sinal para o táxi.

– Para o Leblon, por favor...

Tinha revisto aquela relação, pedaço por pedaço. Sabia dos acertos e dos erros e resolveu, que de sua parte, tinha que haver uma mudança radical.

Quando se conheceram foi uma paixão aterradora. Respiravam juntos, olhavam na mesma direção, só davam conta do dia e da noite quando se separavam, começando a reclamar da vida e a contar os minutos para se reverem. Era um inferno!

Um dia, num restaurante, ele a olhou longamente e comentou:

– Seus cílios são tão viradinhos...

Ela chorou emocionada, tal era a força daquela paixão, durante todo o jantar. Lágrimas inundaram o arroz de polvo. Nada a orgulhava mais do que aquele par de pestanas que nunca precisou de um rímel. Como ele a percebia e a lia de cor e salteado! Aquilo era amor, o resto... conversa!

Mas acabou. Tudo na vida é passageiro, inclusive o motorneiro. Esse então, na atual realidade brasileira, já dançou há muito tempo. O bonde foi descarrilando, descarrilando e saiu dos trilhos.

Começando pelo seu aspecto. "Não sou a sombra do que fui." Suspirava pela sala, atracavam-se por clipe de papel, desafinavam no *Parabéns pra você*, ficaram naquela base do "só vou se você não for" e veio a separação. Sofreu feito uma cachorra, passou dias e dias chocando aquele telefone preto, como se dele, caso tocasse, fosse nascer um filhote de Alberto. Mas o telefone não fazia piu... O motorista do táxi interrompeu suas tristes lembranças.

— A senhora se importa se eu parar para pôr álcool?

— Se o senhor não se importar que eu também faça o mesmo... — disse de uma forma fatal.

Desceu do carro e foi direto ao bar do posto de gasolina. Tomou uma cerveja inteirinha, quase de um gole só. Essa era a outra surpresa que aguardava Alberto. Agora ela bebia.

Era uma outra mulher. O sofrimento modifica as pessoas e ela, sensível, tinha se submetido a essa irreversível verdade.

Fez uma intensiva terapia de apoio, pediu uma licença prêmio, entrou para a musculação, fez uma competente aula de voz para equalizar os graves e os agudos, aderiu ao Rejneesh, assistiu a várias palestras do *Mind Control*, mas, por vias das dúvidas, bateu cabeça na camarinha do Pai Edú, andou nas Paineiras, perdeu oito quilos em dois meses e, por fim, pintou o cabelo de vermelho e reformou o guarda-roupa de cabo a rabo.

Leu Anais Nin, Catherine Mensfield, Dorothy Parker, Virginia Woolf, Patricia Highsmith, Gertrudes Stein, Lilian Hellman, Adélia Prado, Florbela Espanca, Cecília Meireles, Maria Lúcia Dahl, deu uma passada de olhos em *Brida* e descansou no domingo, que ninguém é de ferro.

Era ou não era uma outra mulher?

Agora é só chegar lá e surpreendê-lo. Novas idéias, novo gestual, nem ela mesma podia avaliar, com precisão, seu grau de mudança. Uns trezentos e sessenta graus, aproximadamente.

O táxi estacionou na porta do prédio, na rua João de Barro, procurou a chave no meio daquela bolsa que agora vivia superlotada de coisas que ela, até então, dispensava. Batom, perfume, espelho, pinça, camisinha (umas duas), frivolidades que a ajudariam na sua leveza de ser.

Alberto a olhava por cima dos óculos. Ela pensou nas palavras suaves que tinha ensaiado para o encontro, errou tudo e gritou ferida:

— Alberto! Sabe há quanto tempo você não me procura? Está querendo acabar comigo? Quer que eu me suicide aqui, na sua frente?

O que espanta essa agonia dos meus olhos?
O que desmancha esse chumbo do meu peito?
Quando virá o sol que é tão forte
Que espanta a agonia
Que desmancha o chumbo

Que retira o homem
Que derrete a neve que meu pezinho prende?

De que gare parte o trem da alegria?

Ave Stella Mare!
Ave Santa Bárbara!
Ave Iemanjá!
Me dêem prazos que eu sou do mar!
Para que eu agonize em espartilhos
E me mude para o Crato
Com medo das coisas cretinas
Com medo das coisas concretas
Com medo das coisas de fato

Com medo dos artigos O e A
Com medo da crase
De ênfase
Do caule-corola-pestilo
Próclise-ênclise-mesóclise

De tudo que não entendo no universo
Até dos versos abstratos
Do poeta do quarto dos fundos.

Adivinhe o que ele faz?

O ônibus sacudia e as malas ameaçaram cair do bagageiro. Eu tinha cismado, não sei por que cargas d'água, com aquela ida a Mauá. Já que tinha inventado, não tinha outro remédio senão assumir a viagem. O jornal já tinha sido lido e relido, o olho já tinha passado vistoria em todos os companheiros de viagem e... ninguém interessante. Só restavam, a janela e a paisagem.

Lembrei das idas a Teresópolis quando Pedro, meu filho, era pequeno.

– Olha lá o boizinho, filhinho! – dizia eu, cheia de ternura maternal.

Ele se alegrava, batia palminhas, mas o ônibus continuava sua marcha inexorável e o boi sumia. Pronto, começava o inferno.

– Quero mais boi! Mãe, cadê o boi? Você falou que tinha boizinho... eu quero mais boi, mãe! Você falou...

E nada de vir boi, resultado, era aquela pirraça, aquela choradeira e eu sentia nos olhos de todos os viajantes o pedido fervoroso de *"que vengan los toros"*!

Por que as inocentes criancinhas fazem isso com suas pobres mãezinhas?

Abandonei os velhos pensamentos e comecei a me deter na conversa das duas mocinhas sentadas no banco da frente. Uma, a que falava mais e mais alto, ostentava uma piranha, toda trabalhada em margaridas, que segurava o cabelo, que um dia foi louro, no alto da cabeça, e a outra, um arquinho que ela tirava e retirava conforme o assunto. Elas tricotavam sobre alguém.

– Ele não é um mau sujeito – dizia a da piranha. – Só que passa o dia inteiro querendo me agradar, não há quem agüente! Eu chego em casa, já está tudo pronto. Ele arrumou, passou, fez uma comida maravilhosa pra mim... Quer discutir assuntos de trabalho comigo. Chega de noite, não me deixa dormir, quer me namorar o tempo todo... Você entende? Deus pode até me castigar, mas eu tô de saco cheio!

A outra tirou o arquinho.

– Mas você gosta dele ou não gosta? Essas coisas devem ficar bem definidas que é pra gente não ficar empatando o tempo dos outros. Vai logo dizendo... Explica que ele tem que fazer igual ao marido da Zildéia...

– Também não é assim, ele mexe comigo. Você quer logo radicalizar – a da piranha começou a se irritar. – Quem foi que te falou aqui que não gosta mais? Ele tem qualidades. É um homem bom, cumpridor dos seus deveres, a gente olha e vê que tá ali um sujeito que quer acertar... No outro dia, chegou lá em casa e viu que eu estava precisando de uma porção de coisas, saiu e voltou carregado de presentes. Fiquei até sem graça, até saco pro aspirador de pó o homem trouxe. E não é dizer que ele seja um banana, não... Depois disso, falei umas coisas de mau jeito, sei lá, estava de mau humor, ele me deu dois gritos, aquela pegada legal no braço, fiquei quietinha, parecia um veludo. Tem um macho atrás daquela dama – disse cheia de certezas.

A do arquinho suspirou com enfado.

– Erro de comunicação. Vocês estão se abastecendo mal de palavras... Isso existe. O que ele tem que fazer eu já disse, é que nem o marido da Zildéia...

Mas que diabo faria esse marido da Zildéia, que não dava a menor chance para outro, que se esforçava tanto?

Disfarcei o máximo que pude para chegar bem perto e ouvir a conversa, tive medo até de cair do banco, mas convenhamos, esse marido da Zildéia devia ser um estouro.

– Fiz essa viagem pra dar um tempo na relação – voltou a reclamar a da piranha. – Acho que esse cara está me sufocando.

Isso é golpe! Homem você sabe como é que é... Começa tudo muito bonzinho, quando você vê, tá recebendo aquela punhalada pelas costas... Está dito e redito, não confio!

O ônibus começava a parar na porta do hotel. A cidade de Mauá estava linda e geladinha. Comecei a retirar minha bagagem, enquanto a do arquinho dava a sentença final.

– Eu não digo mais nada. Eu já te ensinei o caminho das pedras e não vou mais tocar nesse assunto. Fala pra ele fazer igual ao marido da Zildéia e estamos conversadas. Não tem erro!

Naquele momento senti que se não tomasse uma atitude, podia tomar um ônibus de volta para casa porque meu "retiro espiritual" estaria praticamente estragado. Andei alguns passos, me pus à frente das duas e falei com uma certa energia.

– Olha aqui. Daqui ninguém sai. Vocês não vão estragar o meu fim de semana. Vão me contar, com pormenores inclusive, se for necessário, com detalhes sórdidos, o que realmente faz esse marido da Zildéia!

Só há uma coisa segura
Do jeito que a gente vai mal
Se eu for realmente à loucura
Não vou te mandar um postal.

Arme e efetue

Ela sabia tudo sobre ele. Tinha sido uma singela armação. Dessas coisas que a gente faz por amor e da qual um dia se arrepende amargamente. Estava em suas mãos o perfil daquele que ela consumiria até o último pedaço.

Gostava de música, ela aprendeu a cantar; gostava de mar, aprendeu a nadar; gostava do amor... bem, isso ela tentaria!

O encontro pareceu casual.

— Desculpe, mas você é a cara do Flávio.

Ele foi frio e impessoal.

— Mas não sou ele.

Ela deu um sorriso de cinema.

— Não é porque não quer. Tinha tudo para ser. Vou arriscar ainda mais, você é melhor do que ele.

Sorriu constrangido. Não estava preparado para aquela abordagem.

— Imagina! São seus olhos...

E enrubesceu.

Ficou roxa. Aquele era o homem da sua vida. Moveria mar e montanhas para estar definitivamente ao seu lado.

Ela o espreitava há meses. Se o dito cujo fosse um pouquinho mais situado, teria visto que essa não era a primeira vez que se cruzavam, mas aquilo era tonto que só a gota serena! Não importava, queria porque queria e seus dias estavam contados, acabaria onde todos acabavam, a seus pés!

Soube de uma taróloga em Acari que arrasava nas cartas. Rumou para lá. Foi assaltada no caminho. Tomaram-lhe o cordão de ouro, a bolsa com todos seus documentos, o que lhe ocasionou sérias dores de cabeça. "Bobagem!", pensava. "Ele me fará esquecer de tudo isso!" A mulher tinha feito ótimos prognósticos.

Provocou novo encontro.

— Não é possível! Você está me perseguindo.

Ele foi mais frio e impessoal, ainda.

— Você me desculpe, mas... Você é?

— Aqui mesmo, nesse bar, lembra? Confundi você com o Flávio.

Seu sorriso de cinema foi apagando, à medida que a *big* ruiva se aproximava e o enlaçava pelas costas. O olhar dela denunciou: "Mulherzinha vulgar, como ousas?" Ela bem que tentou segurar, mas não deu. Ambos notaram. Ela voltou a beber sozinha e os dois se afastaram sob seu olhar desolado.

Aquele pai-de-santo de, com licença da má palavra, Inhoaíba, resolveria de uma vez por todas aquela questão. Já tinha sido informada que o homem era tiro e queda, mas só funcionaria se seguisse o risco do bordado. Nada poderia deixar de ser feito.

Lá estava ela metida naquela cachoeira. Um lugar ermo, e com aquele alguidar de barro, cheio de farofa e outras oferendas, na mão. Se depois de tudo isso ele ainda a ignorasse, ia se ver com ela.

A cachoeira estava feroz. Tendo recém-aprendido a nadar, tinha o que se podia chamar de pouca prática no assunto. E foi apenas um passo em falso para que ela, alguidar, farofa e as oferendas rolassem cachoeira abaixo. Fortes escoriações no desastre da paixão.

No hospital revia suas armações. Não tinham dado certo. Tinha que desistir daquele homem. Ele não estava escrito nas estrelas. Era apenas uma idéia. Pensava no restante do trabalho do tal pai-de-santo. Precisava desfazer. Assim que chegasse em casa tiraria aquele bolo de mel com farinha de debaixo da cama.

"Onde foi que eu errei? Tudo tinha seguido a risca. As melhores roupas, cabeleireiros, gurus, pra quê?"

Somou os prós e os contras, noves fora, nada!

Na rua, a chuva caía fininha. Aquela perna e braço engessados ainda iam lhe dar muito trabalho. E ele nem sequer tinha admitido ser parecido com o Flávio. "Há coisas que não são pra ser." Arrependeu-se amargamente de ter cruzado no caminho daquele homem. Entrou no bar pra comprar cigarros e deu de cara com quem? Com ele que partiu sorridente em sua direção. Fugiu dali como pôde, sem sequer cumprimentá-lo. Agora era tarde.

Em casa, o silêncio recepcionou-a. Só o cachorro dava voltas em suas pernas festejando sua chegada. Correu para o quarto, abaixou-se e pegou o tal bolo que serviria para alimentar corações. Olhou o prato e constatou que metade tinha sido devorada. Por quem?

Enquanto se perguntava desolada, o cão gania e dava voltas ao seu redor. Ela olhou para ele e exclamou irada:

— NÃO ADIANTA, TOTÓ, QUE EU NÃO VOU ACHAR VOCÊ PARECIDO COM O FLÁVIO!!!

Lá vem teu sorriso estampado
Perturbar meus tons pastéis
Querendo que ponha de lado
Meus projetos mais cruéis.

Pra machucar seu coração

Há três horas Marion chorava e olhava pela janela. Aquilo já estava me dando uma gastura que mal conseguia disfarçar. A coisa dessa vez era séria. Eu precisava tomar uma atitude.

– Senta aqui do meu lado e vamos conversar. Pára de olhar por essa janela que você está gastando a minha paisagem.

Ela falava entre soluços.

– Eu tenho que fazer alguma coisa?

– Tem.

– E depois que eu fizer o que acontece?

– Como diz o filósofo Nelson Motta, "tudo passa, tudo sempre passará".

– Você não entende. Nunca entendeu nada. Ele é um amor. Só faz isso pra me aborrecer. Ele gosta de me ver sofrendo por ele.

– E você acha isso normal?

Lá foi ela de novo gastar a minha linda vista da Gávea.

Marion é a minha melhor amiga. Estivemos juntas em várias batalhas. Atravessamos momentos difíceis e ela, por uma questão de temperamento, sempre acabava chorando na minha janela. Já era uma rotina. Na lista de supermercado já estava incluída a caixa de papel Yes que serviria para enxugar seus olhos. Suas idas e vindas aos analistas sempre obedeceram à sua máxima aspiração: entender os homens! Era o "decifra-me ou devoro-te" da sua existência. Quando nada mais dava certo, ela começava a consultar as pessoas mais improváveis. Já a peguei conversando seriamente com Roxane, minha empregada.

– Dona Marion, pra mim homem é aquele que enche a geladeira da gente. Esse negócio de homem ficar vindo, beliscando aqui, bicando acolá e na hora do bem-bom não tá com nada! Só serve pra dar desgosto...

– Valeu, Roxane! Não era bem isso que eu queria ouvir, mas valeu. Foi um toque.

Falta à Marion uma certa praticidade que Roxane, na sua infinita simplicidade, demonstrou num teorema dos mais banais. "Homem bom é aquele que enche a geladeira da gente!" Sua geladeira, sua alma.

– Você acha que Roxane está certa? – perguntou rodando o colar de pérolas.

– É bem provável.

– Lembra quando a gente era pobre feito Jó?

– Então, não?

– Que a geladeira da gente só tinha uma pilha velha, um limão seco e um monte de garrafa d'água? Igualzinha à do Sam Spade, no *Falcão maltês*?

– De vez em quando pintava uma sopa Maggi. Sabe, Marion? Teu mal foi ter sempre acreditado naquele pervertido do Humphrey Bogart. Esse homem nunca deu caminho a ninguém. Nem a geladeira dele ele enchia, que dirá a dos outros!

O silêncio voltou a reinar entre nós. Por mais que procurasse palavras, elas não vinham. Como se convence alguém de que ela ficou tempo demais na festa? A pintura já desbotou, o vestido amassou e o assunto está vencido. Não há música, por mais bonita que seja, que faça esses dois acertarem o passo.

– Eu gosto dele!

– Acredito.

– Ele não gosta mais de mim.

– Também acredito.

– Mas ele não me larga. Toda vez que tento me separar é a mesma conversa: "Te amo! Sem você o que vai ser de mim?" E agora pra culminar, arranjou outra.

• 188 •

Roxane passava com as bandejas e não gostou nada nada do que ouviu.

– Outra? – perguntou a enxerida.

– O que eu faço, Roxane?

Roxane pensou. Arriou a bandeja. Sacudiu a cabeça, num gesto de desaprovação.

– Nesse caso, só chamando uns negão!

– Uns negão?! – perguntamos as duas, juntas.

– Uns negão – confirmou. – Bem fortes! A gente manda dar uma coça nesse cara.

– Ó o exagero!

– Só um sustinho, dona Marion. Eles ficam fininhos.

– Roxane! Ao serviço! – gritei autoritária.

Antes que Marion gostasse mais da idéia, e ela me pareceu gostar muito, fui logo apresentando uma proposta.

– Fica hospedada uns dias aqui em casa. Deixa essa crise passar, na calmaria pode vir a luz e você acha uma solução. Que tal? Um distanciamento pode fazer milagres!

– Será?

Horas mais tarde flagrei Marion pendurada no telefone, falando animadamente com uma secretária eletrônica que logo adivinhei de quem era:

– Olha, amor! Estou neste telefone. Não deixa de ligar pra mim. Beijo. Tchau!

Diante do meu olhar de perplexidade e revolta, ela foi logo se defendendo:

– Fazer o quê? Ele gosta de me ver sofrendo por ele...

Eu sou aquela que te telefonou, lembra?
Que te tirou pra dançar na festa da Sandrinha
Que sonhou nos teus braços
Enquanto tu te mantinhas acordado

Que te disse palavras que nunca ouviste
Que cantarolou pra você uma canção esquecida
Que te deu um endereço que nunca anotaste
Que se vestiu de seda e nunca notaste

Eu sou aquela a quem a vida fez despercebida
Aquela que jamais te esquecerá

A mulher da tua vida.

"Breaking hearts"

— Sou uma mulher de trama fácil. Não gosto de complicações para o meu lado. Escolhi isso. Pensa que foi fácil? Só há um homem que gosta de mulher problemática, o analista. Quanto mais, melhor. Elas deixam bastante dinheiro com eles e ficam com mais problemas ainda. Você sabe quanto está custando uma sessão de análise?

Por que tocar nessa velha ferida?

Marion continuou sua marcha, impiedosa.

— Vai acabar pobre. E quando, mais tarde, precisar de um problema para ter com que se ocupar... Já resolveu tudo! Pensa no que eu te digo. Conselho de amiga: às vezes, um problema é a maior diversão.

Há algum tempo, eu e Rachel vínhamos achando que Marion estava, como direi, meio "22". Não juntava coisa com coisa, abusando da desfaçatez da loucura, achava-se no direito de dizer o que quisesse, para quem bem entendesse. Enfim, tinha feito a passagem e já não estava mais entre nós.

— Não posso admitir que vocês façam com suas vidas o que andam fazendo. Mulheres moças, bonitas, talentosas, jogadas o dia inteiro sobre um sofá, lendo coisas estranhas, enquanto a vida lá fora acena com mil promessas... Não sabem mais piscar um olho, arriar um decote, sacudir um quadril... Você e a Rachel parecem as paraplégicas da relação... A coisa não anda.

— Mas, mulher de Deus, onde você quer chegar? Eu estou bem do meu jeito. Você liga pra mim, diz que tem um caso pra contar, vem para minha casa e me passa uma descompostura?

Marion sempre foi assim, desde a adolescência, no tempo em que dançávamos o *hully gully* nas festinhas. Quando chegava na viradinha do passo, ela tinha muita dificuldade em estalar os dedos. Sempre se atrapalhava e acabava emburrada num canto. Rachel, com seu jeito implicante dizia:

— Essa menina tem problemas, acho que é meio fronteiriça.

Existia um pouco de inveja, porque Marion era muito bonitinha e ganhava todos os meninos da festa. Para nós, sobravam aqueles de óculos, cheios de espinhas, que nós cobríamos de frases inteligentes e depois eles iam lá, repetiam tudo para Marion e ela colecionava cuidadosamente num caderno de recordações, encapado com papel celofane vermelho, cheio de decalcomanias, de bichinhos, florzinhas, e nos devolvia tudo o que tínhamos ensinado aos falsos. Essa traição suportamos durante muito tempo.

— Olha que bárbaro o que Marquinho disse para mim ontem!

Conviver com isso era de lascar!

Houve época em que resolvemos fazer um caderno de perguntas e pedir aos meninos que respondessem. Não sei por que cargas d'água, o de Marion era todo na segunda pessoa, tudo em "tu". "Já foste ao cinema? Qual o filme que mais gostaste? Já beijaste na boca?" E terminava com aquele primor de egocentrismo. "O que achas da dona deste caderno?" No de Marion eles traçavam loas, eu decidi que era melhor encarar os fatos e Rachel achou por bem eliminar essa pergunta do seu caderno. Três problemáticas bem diferentes, digamos.

— Diz logo, Marion, conta logo essa história que eu não posso ficar o dia todo te esperando...

— Sabe aquele cara por quem eu estava apaixonada?

— Sei.

— Pois é! Você vê como são as coisas. Combinamos de sair, gastei um dinheirão em roupas, parecia uma princesa!

— Anastácia, a princesa esquecida! — Escapou.

— Aconteceu uma coisa totalmente inesperada, garota!

— Ele se declarou.

– Foi demais! Ele parou com o carro na porta lá de casa, olhou para mim cheio de carinho e perguntou se eu estava a fim de "rachar um coração". Na hora eu fiquei tão emocionada que nem tive resposta. Tudo que eu queria era rachar um coração, gente!

– Que bom, quer dizer que vocês se acertaram?

– Garota, ele arrancou com o carro e me levou para comer um espeto de coração na Plataforma, acredita?

Fiquei meio sem saber o que dizer e perguntei preocupada.

– E o seu coração?

Ela respondeu com a serenidade dos amados.

– Meio salgado... O dele estava ótimo!

Se ele sai, não volta
Se ele diz, não conta
Se ele perde, não cata

Se ele lê, não dita
Se ele aponta, não monta
Se ele quer, não gosta
Se ele escreve, não data

Se ele sofre, não grita
Se ele trepa, não mete
Se ele cumpre, não promete
Se ele morde, não late

Se ele promete, mente
Se ele sente, é desdita
E a vida é tão bonita
Que ele vive e nem dá conta

Ele é tudo que me tenta
Menta, ardor de pimenta
Prazo, data, falseta
Bunda, caceta, boceta

E quem sabe de repente... um amor
Quem sabe... até... um amor.
Que sabe?

O sorriso da malvada

— Eu não tive nada com ele! — gritou Marion no restaurante.
— Teve sim que eu te conheço. Não é de hoje que venho notando suas investidas.
— Você me conhece muito bem e sabe que eu não sou dessas coisas.

Não era para rir, mas não sei por que a gargalhada escapou. Ela pensou que eu estava achando graça e amoleceu. Eu liguei o trator:

— Confessa que a sinceridade é a base do caráter!
— Só um pouquinho — deixou escapar.

Minha vontade era de virar a mesa. Controlei minha sanha assassina e perguntei, soletrando sílaba por sílaba:

— O que significa só um pouquinho?

Marion tinha voltado a ficar nervosa, acho que suava e os dedos amassavam o maço de cigarros.

— Um pouquinho, ora, é só um pouquinho.
— Quando?

Tossiu. Ela sempre tosse quando mente.

— Foi quando você tava viajando.
— Há um ano que eu não viajo. Você tá mentindo.
— Olha, vamos parar com essa conversa que ela não vai dar em canto nenhum. A gente se conheceu, foi um ímpeto, não deu pra evitar. Quando vi, já foi.

Isso tudo foi dito em um segundo.

Que descaramento! "Quando vi, já foi." Coisa de coelho! Mulherzinha ordinária! Vulgar! De quinta! Como é que sai com o namorado da melhor amiga e dá uma desculpa de tão pouca inteligência. Marion é totalmente destituída de uma suspeita de caráter. Acalmei meu pensamento, olhei para ela com um sorriso cândido e perguntei docemente:

– Foi bom?

– Você não tá zangada comigo?

– Imagina!

– Foi maravilhoso!

O frango à Kiev que eu tinha pedido estava totalmente desossado no prato. Ele tinha sido vítima de um atropelamento de sentimentos que se confundiam na minha cabeça. Ódio, vingança, penas e pragas. Ela sabia que eu estava gostando dele. Ela sabia que eu detesto essa coisa de todo mundo é de todo mundo. Pensei que ela bem podia se engasgar com seu medalhão à piamontese, que é bem a cara dela, e cair ali, durinha, esticada e preta.

– Você tá pensando coisas horríveis a meu respeito?

– Você é louca! Somos mulheres modernas! – gargalhei.

– Você gosta dele? – arriscou.

– Como colega.

– Quer dizer que eu posso? Estou me sentindo tão envolvida...

– Ele é o máximo!

Jamais essa vaca saberá o pavor de pessoa que mora naquele cafajeste! Envolvida? Envolvida ela vai ver quando começar o mar de desgosto que vai se banhar! Trambiqueiro, mentiroso, infiel, péssimo filho, horrível pai, alcoólatra-amoral e, o que é pior ainda, capaz de sair com uma pessoa como ela.

– Ele fala tão bem de você! Quando me preocupei por estarmos juntos, sem você saber, ele foi logo dizendo: "Ela é uma doçura de pessoa, vai entender tudo e se duvidar ainda dará uma força."

Ela queria agradar.

Eles vão ter filhos pavorosos! Ela é baixinha e tem a perna curta. Ele, comprido com perna junteira. Vai nascer tudo igualzinho a uma tesoura de jardineiro. Se nascer com o cabelo duro que

• 200 •

ela tem... Porque ela estica. Ela disfarça, mas eu sei que ela estica. Ele, metido a intelectual, ela, uma ameba.

— Vocês fazem um casal tão bonito. Foram feitos um para o outro — sentenciei.

— Eu sabia que você iria compreender. Se fosse a Rachel esse restaurante já tinha virado uma praça de guerra. Fora os vudus que ela ia preparar pra mim.

— Rachel é uma descontrolada — disse eu enfiando o garfo na própria mão e abafando o grito.

Marion estendeu a mão sobre a mesa.

— Amigas?

— Amigas!

Em casa, no retiro do meu sacrossanto lar, repetia eu baixinho espetando algumas agulhas num boneco e ateando fogo.

— Amigas... Fomos, minha cara! Fomos!

Meu amor
Quando você for embora
Por favor!
Deixe sua boca na minha
Seu corpo em cima do meu
Seus braços ao redor apertados
E se não for abuso de minha parte
Não bata a porta
E saia do meu pensamento
Na luz, no vento, sem dizer
Que dia é hoje

Faça seu jogo

Ele entrou no bar decidido. As palavras tinham sido cuidadosamente ensaiadas para que não fosse apanhado de surpresa. Quem olhasse atentamente veria, pelo movimento dos lábios, que ele ainda dava uma passada no texto. O garçom se aproximou.

— Mesa para...

— Duas pessoas. Ela deve estar chegando...

E olhou o relógio.

Atrasada, sempre atrasada, suspirou, sentando-se na mesa.

— O senhor vai beber?

— Se Deus quiser, meu rapaz...

Olhou calmamente, sem mexer um músculo. Tinha visto esse olhar num filme sobre a máfia e a coisa, pelo menos lá, funcionava muito bem.

— Já reparou quantas perguntas você me fez desde o momento em que eu botei o pé por aquela porta? Hã?! Deixa a coisa processar... Pode ser que eu queira uma água, um uísque, uma dose de cicuta... Tudo pode acontecer. Na hora certa solicitarei seus serviços. Estamos entendidos?

Funcionou. Esses americanos do cinema não erram nunca! Só eu consigo errar tanto. Nunca vou poder explicar como me meti com essa mulher. Não é bonita, não é inteligente, não produz dinheiro, não sabe fazer um ovo quente... e, segundo um grande amigo, professor de educação física, o Maurão, não tem as juntas harmoniosas. É um erro de pessoa.

Pensando bem, está na hora de começar a beber.

Estalou os dedos no ar e chamou o garçom.

– Um *scotch... cowboy!*

Dessa vez não vou aliviar. Fim é fim mesmo. Já estamos nessa lengalenga há dois anos e nada se resolve. Nunca me surpreende. Uma palavra nova, um gesto audacioso, um pensamento que me leve a outras conclusões... A cama já foi boa, hoje em dia é um fracasso!

As mulheres que ocupam a mesa da frente não fazem outra coisa a não ser falar de homem. Elas acham que sabem tudo a nosso respeito. São tão enxeridas, que são capazes de saber mesmo! Há uma, que está pensando que eu não estou vendo, mas está me dando a maior bola. Tomara que não faça aquela linha de mulher que vai chegando, sentando na mesa, se apresentando... Aí, a outra chega e pronto! Até eu explicar... "Essa aqui, Abgail, é a Fulana de Tal, uma mulher colocada, moderna, tudo que, pelo tempo de serviço que você tem ao meu lado, tinha de ser e não é"... Não vai dar certo, conheço meu gado!

Bem fazia o Maurão. Mulher passava, não interessa o que ele estivesse fazendo, até no futebol de praia, ele interrompia o movimento. Ficava parado igual uma estátua, nem piscava.

– Sei lá, rapaz... Mulher é uma coisa inesperada. De repente, elas resolvem atacar pelas costas... A gente tem que estar preparado pra tudo – dizia ele com grande sabedoria.

Maurão morreu moço por causa de mulher. Não quero o mesmo fim. E ela que não chega... Deve ter pressentido o fim e quer adiar a execução.

– Não é o senhor que está esperando uma senhora de nome Abgail? – perguntou o garçom, depositando outra garrafa de uísque na mesa. – Ela pediu que eu entregasse essa carta.

Mas o que quer dizer com isso? Aquela analfabeta está botando as asinhas de fora...

"Querido Gustavo, acho que não temos mais o que dizer um ao outro. Foi tudo um ledo engano. Está na hora de pensarmos em nós com mais desprendimento e abrirmos mão de uma relação fracassada. Amo outro homem."

Ela quer acabar comigo me apunhalando pelas costas desse jeito? Está me fazendo de palhaço? Que pessoa insensível é essa que eu me envolvi durante tanto tempo? E eu que fui só dedicação e carinho com essa ordinária... Não. Ela era uma santa. A culpa deve ter sido minha... Em algum lugar eu errei... Ela era o máximo e eu não tive olhos para vê-la. Fui cego, meu Deus! Alivia. Não mereço esse castigo. Outro homem, não! Perdi, perdi, perdi... sou um perdedor!... Maurão, me espera que eu estou chegando!

– Garçom, me traz aquela cicuta porque eu acabei de perder o amor da minha vida! Você não chegou a conhecer, mas ela era perfeita! Diga, meu rapaz, como eu vou viver sem ela?

A GRAÇA QUE ACHO NA VIDA

Fragmentos do cotidiano e das amizades

Descobri que sou inteiramente louca
louca de pedra
de pau
de ferro
de aço
de louça
e quebro à toa.

Rapaz perigoso

— Você tem certeza, Rachel?

Do outro lado da linha telefônica um silêncio altamente significativo. Repeti a pergunta, agora de forma diferente:

— Há quanto tempo este homem está rondando o teu prédio?

— Desde a hora que eu cheguei do trabalho. Estou com medo!

— Chama a Polícia!

— Lá vem você com essa mania de Delegacia de Mulheres. E se for um amigo? Eu estou falando com você e olhando pela janela. Ele está lá.

— Rachel, como é que você sabe que é a você que ele quer assaltar?

— Ele está olhando fixo para cima.

— Você está olhando fixo para baixo. É capaz desse homem estar com medo de você.

— Ele tem uma saca de papel na mão. Deve ser a arma.

— Que arma?

— Um revólver, um facão... Hoje em dia eles trazem até granada.

— Eu vou pedir providências!

— Não, não... Espera... Ele sumiu! Vai ver já entrou no prédio e está subindo. Você fica me distraindo.

— Rachel, você tem ido à análise?

— Por quê?

Dessa vez eu fiz um silêncio altamente significativo.

– Só faltava essa! Agora eu sou maluca!

– Não, querida, é que às vezes você mistura um pouco os canais.

– Eu estou ouvindo passos se aproximando da porta!

– Rachel, não faz isso comigo! Eu sou asmática!

– Eu estou ficando...

– Com asma?

– Não. Apavorada! O homem tá parado aqui na porta. Eu estou sentindo!

A voz de Rachel era um fio de pavor. De repente o grito:

– ESTÃO MEXENDO NA MINHA FECHADURA!!!

Rachel me preocupou seriamente por várias vezes. A primeira foi quando resolvemos fazer compras de Natal numa Copacabana que parecia mais uma Babilônia. Tinha suores e vertigens e em meio à confusão de transeuntes, Rachel passou por cima de um homem-tronco achando que era uma criança num *skate*, e ainda saiu reclamando das mães que deveriam ser mais zelosas com seus filhos, não permitindo que eles andassem na rua desse jeito. A outra foi quando confundida com uma ex-amiga de colégio, não teve expediente de dizer que não era a pessoa e foi arrastada para um almoço familiar, sendo chamada o tempo todo de Isaura. Rachel só reclamou do prato servido. Era carne-seca com abóbora e ela odeia comida pesada.

– ESTÃO FORÇANDO A MINHA FECHADURA!!!

– Grita, Rachel! Grita!

– Não posso. Morro de vergonha de fazer escândalo.

– Fica calma! Não reage! Eu vou ligar para a Polícia e vou pra aí.

– Estão entrando!

– São vários?

– Não. Ele entrou e é um homem enorme!

• 214 •

O telefone foi jogado em cima da mesa e vozes se confundiam impedindo que eu pudesse ouvir alguma coisa.

– RACHEL! RACHEL! POR FAVOR, RESPONDE!!!

Os dois falavam juntos, era tudo muito misturado, tenho a impressão de ter ouvido um "desculpe, moço" e Rachel volta ao telefone:

– Garota (risos), você nem imagina o que aconteceu! Eu esqueci completamente que tinha combinado com seu Paulão, o chaveiro, de vir consertar minha fechadura e...

Achei melhor desligar e ligar para o meu analista, antes que eu fosse lá e acontecesse o pior.

Meu compromisso?
Sentimento, condimento
O jeito que se tempera
O que faz da bela a fera
Tudo leitura de primeira
Coisa de adolescente
Igualzinho antigamente
Reabriram o mesmo talho
Com o moderno é falho!
Nunca sei quando é grito ou bala
E mesmo que o sangue respingue
Cá dentro um grito se cala
Lá fora, primavera é spring!

As irmãs da Borralheira

Naquela tarde, Alice ressonava sobre os travesseiros mais um sonho intranqüilo. Podia se ouvir os saltos dos escarpins nas tábuas corridas do apartamento. Eram as irmãs Zélia e Zênite que chegavam para visitá-la.

– "Chapadona" e "caidaça"? – perguntou Zênite pegando o vidro de tranqüilizantes na mesa-de-cabeceira.

– "Chapadona" e "caidaça" – respondeu Zélia retirando alguns comprimidos e colocando na bolsa.

– Alice! Alice! Sou eu, Zélia, sua irmã. Você está me ouvindo? Trouxemos doces, flores.

Ouvindo as vozes das irmãs, Alice abriu os olhos e, diante da visão, virou-se para o lado preferindo o mais profundo e intranqüilo dos sonhos.

– Não adianta. Ela não quer falar com a gente. Parece até que nós somos a razão de todos os seus problemas. Enquanto Alice não tratar da cabeça, o corpo padecerá – vaticinou Zênite.

– Vamos passar um café.

– Vamos passar dois cafés.

Na cozinha, Zélia e Zênite discursavam sobre Alice enquanto devoravam os doces que tinham trazido para a irmã.

– Ela não se trata. Não se conhece. A vida para ela sempre foi um conto de fadas. Lógico que, na primeira cacetada, ficaria para sempre de quatro procurando a lente de contato. Ela é muito carente!

– Me dá mais um doce, Zélia, você está comendo tudo.

– Quando o Alberto foi embora, eu cantei essa bola, lembra?

– Lembro. Lembro até do tamanho do decote que você botou no dia que foi visitá-lo pra tentar a reconciliação entre os dois.

– Você está maldando, Zênite. Ele é que durante todo este casamento se insinuou pro meu lado.

– Passa o doce.

– O sonho acabou. Passemos aos suspiros.

– Ela está passando uma corda no lustre e dando um nó.

– De novo essa modalidade? Enforcamento? Como ela adora chamar atenção sobre si!

– Eu vou ligar para o meu terapeuta.

– Você não vai incomodar ninguém com seus dramas a essa hora – repreendeu Zênite.

– Estou péssima.

– Eu estou ótima! – Zênite andava pela cozinha e destroçava as margaridas. – Eu, por exemplo, numa situação dessas, jamais me deixaria abater. Lembra quando o Jorge resolveu ir embora? No dia seguinte estava com a minha vida refeita. Botei advogado em cima dele e quase lhe tomei as calças. Ele voltou porque viu que era muito mais negócio ficar comigo.

– Como você é bárbara, Zênite!

– Eu vou lá dentro botar um ponto final nesta história.

E lá se foram os escarpins...

– Desce daí! Tá pensando o quê? Que a gente tem tempo para perder com a senhora! Que a minha vida é um mar de rosas? Desce já daí! Tira essa corda do pescoço, ridícula!

– Ridícula, ridícula, ridícula! – confirmava Zélia.

– Ainda bem que no borralho não tem gás, senão você já tinha enfiado a cabeça no forno. Vou lhe dar um dia pra sair da depressão. Mais um e eu venho aqui e te interno. Não posso fazer

• 220 •

uma unha, um cabelo, meus ikebanas estão todos abandonados. Estou perdendo dinheiro por sua causa.

— Eu também, eu também — acusava Zélia.

— Vamos embora, Zélia.

— Vamos embora, Zênite.

Ao som dos escarpins aquelas palavras calaram fundo no coração de Alice. E ela começou a fazer histórias. Hoje é uma autora famosa, vários *best-sellers* publicados, é claro que, de vez em quando, ela liga um gás, toma uns comprimidos, se pendura numas cordas, porque careta, meu amor... ninguém agüenta!

As estrelas não são como antes
Elas não me acompanham mais na solidão da noite
A noite, por sua vez, anda a cada dia mais clara
Expondo seus mistérios como uma prostituta de vitrine

Perdi a deliciosa sensação de me sentir seguida
Oh, Deus, há quanto tempo não corro
Não peço socorro
Não faço promessas
Arrancaram de mim o benefício da pressa

Eu tinha apego aos meus delírios
Aos meus pesadelos cruéis
A sensação do desvio
Do abismo sob os meus pés

Não farejo mais na escuridão da noite
Não pressinto os seus perigos que
Me excitavam tanto
Do medo? Caçoo e até canto

Hoje possuo coragem que nunca senti
Não há dúvida, envelheci.

Momento delicado

A sensação que eu tinha é que havia um anão sentado em cada um dos meus ombros. Eu me arrastava. Será que tinha envelhecido tanto assim de ontem pra hoje?

– Bom-dia! Como a senhora está bonita!

A minha vontade foi responder ao estilo Irene Papas ao porteiro do escritório:

– Não quero a sua piedade!

Segunda-feira é um dia que, se você tiver imaginação e puder fingir que é quinta, vai se dar melhor. Principalmente se passou o final de semana com amigas de infância, falando do passado e vendo fotos de vinte anos atrás. Aí é que a coisa pega! Fotos do tempo em que você era sorridente, achava que tudo ia dar certo e tinha aquela barriguinha de "arrasar o quarteirão".

– Você acha que se eu tirar essa bolsa de baixo dos olhos e puxar o pescoço por trás da orelha vai dar pra eu ficar novinha outra vez? – perguntei para minha melhor amiga.

– Novinha, nunca mais! – respondeu a "malvada".

Liguei para minha mãe.

– Mãe, você acha que eu estou muito velha?

– Para as mães, os filhos nunca envelhecem.

Não era bem isso que eu queria ouvir, mas... vá lá!

– Por que você não vai pra rua, minha filha? Vai espairecer, ver gente... é a melhor coisa.

Na rua eu só pedia que alguém mexesse comigo. Nem que fosse uma coisa bem cafajeste, mas que alguém me notasse, pombas.

• 225 •

A rua permanecia muda e indiferente. Pessoas apressadas, olhares perdidos... Nem na feira livre, onde acabei parando, arranquei uma voz que se levantasse a meu favor. Era uma conspiração!

Voltei para casa abatida, desencantada da vida e, para minha felicidade, quem eu encontro? Meu lindo filhinho!

– Que coisa mais bonitinha da mamãe! Cadê meu bonitinho? Dá um beijinho na mamãezinha!

– Tá regredida, mãe? Fala comigo direito, pô! Minha mina vem aí e se você ficar falando comigo desse jeito ela vai pensar que um de nós dois está com problemas.

– Diz que sou eu. Pode dizer. Não posso mais nem fazer um carinho no meu filho...

– Mas eu já sou um homem! Tô com 18 anos e você fica me tratando como se eu fosse um retardado mental!

Quanta insensibilidade! A gente cria um filho com tanto carinho e o mínimo que eles podem fazer eles se recusam, e crescem!

– Vou ligar para o Alberto.

Coloquei a voz, aumentei os graves e controlei as pausas:

– Alô... Alberto? Sou eu!

– (...) Eu quem?

– Eu, Alberto!

– Não estou reconhecendo a voz.

– Alberto, sou eu! – minha voz já soava impaciente.

– Ah. Por que você não falou logo? Quase não reconheci a voz de uma velha amiga.

– Velha! Velha você sabe muito bem quem é! – desliguei, uma arara.

E foi assim que Rachel me encontrou. Aos prantos, mas com uma rica máscara de algas que era a única coisa que podia fazer por mim naquele momento tão delicado.

– Menina, pára de chorar. Você vai ficar toda plissada!

• 226 •

— Mas é por isso mesmo. Eu estou acabada. Parece a cena final do *Nosferatu*. Lembra?

— Por isso é que eu não vou ao cinema. Só serve pra dar idéia ruim pra gente.

— Tive um dia pavoroso! Minha cabeça está um branco e ainda por cima tenho que escrever uma crônica alegre pro jornal. O que eu vou mandar pro meu editor? Um papel em branco cheio de lágrimas?

— É uma. Mas assina embaixo pra ele saber que as lágrimas são suas — ponderou, sensatamente, Rachel.

Até que ela não tem tão más idéias assim... solucei diante da minha, também velha, máquina de escrever.

Amigos são sons divinos
Como sinos
Doces doze badaladas

Ponteiros unidos
Pra tudo
Pra nada

Amigos são risos no vento
Atentos
A uma dor que não se sente

Amigos
São águas que lavam
Os saudáveis
Os doentes

Amigo sopra, morde, acerta
Faísca, ilumina, centelha
Incendeia a pele morta
Desperta um beijo de abelha

Amigo me deixa leve
Me move no tempo, no ar
Viva o amigo que me teve
E que me ensinou a voar

Amigo e fumaça a gente traga
Segura dentro do peito o prazer
Amigo é coisa que não se estraga

Vou morrer cheia de amigos
Por dentro, por fora, ao meu redor
Farta de amores e afagos
Do que a vida tem de melhor

Em busca do 38 perdido

Quando eu falei pra minha analista que tinha posto o computador no quarto, ela não falou nada, mas eu senti que ela maldou. Analista tem esse inferno dessa mania de ficar maldando tudo que você diz. É chegar e falar, "porque papai..." elas vão e maldam. Ô povo!

O fato é que eu consegui o meu diretório e entrei no meu arquivo. Era a minha estréia no computador. Causamos a melhor das impressões um para outro. Uma troca de amabilidades... Tudo que eu queria fazer ele perguntava duas vezes com sua telinha infantil, como os olhos de um bandido. "Tem certeza?" "Está segura?" Eu dava risinhos histéricos e gritava:

– Olha, gente! Ele me consulta! – Crente que estava abafando.

E foi num *home home* seta abaixo e num *home home* seta acima que o capítulo sumiu. O número dele era 38, bico largo. Jamais esquecerei das minhas 21 cenas escritas com tanto suor e lágrimas, perdidas sabe Deus no arquivo de quem!

Liguei para o Ricardo:

– Ricardo, meu filho... perdi o capítulo.

Pausa constrangedora. Mas ele é novinho e se recuperou logo do golpe.

– Não tem importância – disse gentil. – Vamos tentar recuperar.

E a partir dali comecei a me meter em situações complicadíssimas, das quais, se bem me conheço, não conseguiria me recuperar depois que tudo terminasse.

Era um tal de "aperta o F7", "agora tenta o F10". "E agora? Apareceu alguma coisa?" E nada aparecia. Os números se confundiam em minha mente. Não estou acostumada. O suor escorria pelo teclado e o capítulo cada vez mais distante. Depois de tentarmos de um tudo, ele só teve forças pra dizer:

— Então, não sei.

Liguei para o Euclides. Nessa hora de desespero a gente conta é com os amigos.

— Marinho... é a Maria... aconteceu uma coisa pavorosa.

— Apagou o capítulo — disse ele sabiamente.

Os soluços entrecortados impediam que continuasse a falar.

— Estou indo para aí.

E *home home* seta abaixo, Marinho chegou. Sentou no computador e vasculhou arquivos inexpugnáveis. Onde teria se metido o 38? Eu só pensava que teria que fazer tudo de novo... Não tinha forças, já tinha chegado ao meu limite.

— Achou, Marinho?

Ele me olhou por cima dos seus óculos e sentenciou:

— Vamos ao japonês.

E *home home* seta acima, o saquê estava ótimo. Falamos, conversamos, desabafei... Disse que, definitivamente, não me dava com a informática, que era uma questão de princípios. Tinha tentado, mas há uma hora na vida em que o cidadão tem que admitir suas perdas. Que, provavelmente, faria um novo 38, a mão. Ele ria e me consolava dizendo que isso acontecia com todo mundo, que eu estava sendo exigente demais, e todas aquelas coisas que os amigos falam pra consolar a gente. Mas o fato é que teria que voltar para a casa e encarar de novo aquela fera traiçoeira.

— Marinho, tu que és tão forte, que desmanchas nuvens, que cobres o sol, que derretes a neve, que meu pezinho prende, onde foi que eu errei?

Na volta ao lar vi o inevitável estampado na minha frente. Tinha que encarar de novo o computador e suas mil ciladas. Fazer o quê?

Falei grosso com ele e passamos a ter uma atitude fria e distante um com o outro. Ele não me consultava mais sobre nada e eu, por minha vez, errava com mais liberdade. Jorginho, meu secretário, por vezes entra no meu quarto só para inspecionar. Sinto sua presença às minhas costas.

– Está tudo bem entre vocês dois? – pergunta ele cheio de cuidados.

Lembro da frase de minha mãe, "se a gente nunca se deu por que é que nós vamos brigar?"

Nos meus delírios de grandeza, cheguei a achar que um dia, quem sabe, o meu 38 apareceria nos arquivos dos computadores do Pentágono... Só assim lhe darei o meu perdão.

Eu tenho tantas amigas
Tantas irmãs de sangue
Algumas corridas de biga
Mulheres de relva, de mangue

Amores são laços de fita
Apertados na cintura
Mulheres se fazem bonitas
Para qualquer criatura

Eu gosto de ser amiga
De quem borda seu destino

Em ponto atrás
Em ponto Paris
Em ponto menino

Amiga eu quero por perto
Para pintar meu rosto
Para chorar meus crivos
Me afofar as mangas
E me acender a luz

Até o caminho do baile
Até o caminho da cruz

Vida de cachorro

— Saí na Vila para entrar na história – anunciou Sergio Luz, no meio do restaurante.

Todos imediatamente pegaram o mote e se pronunciaram, falando de suas escolas de samba e do quanto tinham sido felizes na avenida.

— E você? – perguntou um incauto.

— Eu, meu filho? Tudo o que eu queria era sair de casa, dar um abandono de lar, que o Falabella atendesse a secretária, queria tirar aquele pijama velho, esquecer o computador, dar mais atenção aos amigos, um mergulho na praia e ver *Esqueceram de mim*... Enfim, pra mim, esse carnaval já está de bom tamanho. A gente não precisa de muita coisa para ser feliz. Pensei.

Rachel e Marion chegaram lá em casa com aquelas caras deslavadas de felicidade de quem se acabou na folia. Ao me verem se entreolharam.

— Mas você está péssima! – disse Marion.

— Não me irritem, considerações à parte. Enquanto vocês sacodem, eu ralo. Mais respeito com um trabalhador!

Felizmente elas se tocaram e foram direto ao assunto que as tinha levado até lá.

— O negócio é o seguinte: Rachel conheceu um homem, vai sair com ele e quer que você dê uma força.

Não pude deixar de mostrar a minha indignação.

— Rachel, desde quando você precisa de intérprete?

— Ela tá rouca de gritar nos bailes – continuou, Marion.

– Como é que foi isso?

– O baile?

– Não. O homem?

Rachel até falou. Parecia *O exorcista*.

– Foi tão engraçado... eu não queria ir, mas a Marion insistiu tanto... Foi no baile das "Afrodites"... Ele ficou me olhando, eu olhei para ele, achei tão parecido comigo, ele é pequeno como eu, lembra da piada do espermatozóide? Pois é... foi um encontro de almas.

– Sei. Se encontraram na peneira.

Não pude controlar a maledicência. Ora, bolas! Você está em casa, trancada, fazendo das tripas coração e vem uma amiga só pra te azucrinar, dizendo que lá fora está muito melhor... É de lascar!

Rachel "entrombou". Fiz vista grossa, porque achei um desaforo virem me importunar com besteira.

– E onde é que eu entro nessa história de bailes e espermatozóides?

– Com esse mau humor, você não entra em história alguma, muito pelo contrário.

Lembrei da frase do Getúlio e adaptei.

– Saio da história para entrar na vida.

Me pareceu muito mais sensato.

Realmente eu estava irascível naquele dia e, pior do que isso, irredutível. Marion, do jeito dela, me levou para um canto e chamou minha atenção.

– Isso que você está fazendo é uma coisa de gentinha... Onde já se viu negar ajuda para uma amiga? Tá louca? Você tá cansada de saber que a pobre da Rachel vive jogada às baratas... rosnando pra sombra. Agora que aparece um rapaz bom, interessado nela... Isso é puro egoísmo! – e disse naturalmente como se estivesse recitando Bandeira, Drummond, Cora Coralina... – Temos que botar a Rachel pra cruzar!

Bonito! Marion às vezes me comove com a objetividade com que se dirige aos fatos.

– Em que posso ser útil, Rachel?

Falei do jeito mais doce que pude.

– Ah... sei lá! Não sei que roupa devo vestir... aonde devo ir... o que eu digo. Por exemplo, o que eu converso com esse rapaz?

As palavras escapuliram da minha boca.

– Fala de mim. Diz que você tem uma amiga...

Há dias
Que se fosse um dia
Juro por Deus no céu
Que eu não nascia

Seria cúmplice das trevas
Seria a canção do sono
Prolongaria os mistérios da noite
E os amantes ganhariam mais tempo

Diria gentilmente à Lua
Que se retirasse do recinto
E favorecesse a escuridão total.
Nenhuma trincheira seria devassada
Balas se perderiam no ar
Os maus da noite tateariam suas vítimas
E quem sabe assim abrandariam sua ira?

E os sonhos?
Tudo tipo E o vento levou
Horas de duração
Convivência exaustiva com o imponderável

Todos os viciados, insones e drogados
Se sentiriam protegidos
Da natureza que também enlouquece

Excesso de informação diária
Suplanta o mistério noturno
Por isso o dia tem pelo menos,
no barato, uns três meses de vantagem sobre a noite

Sacanagem!
Causa uma disfunção metabólica
Uma avidez meteórica
Uma ansiedade do caralho!

É como diria Fulgêncio
"Muito barulho pra pouco silêncio"

– Há de se perder no mistério
– O escuro restabelece os sentidos
– Precisamos voltar a contar estrelas
Elas estão lá e ainda são belas

À noite os garotos são pardos
E os fardos do dia encostamos num canto

À noite canto
Ofereço ao santo
Despacho memorando
Me perco
Me acho
À noite vigora outra lei
Outro assunto
Sou só
Temo
Pergunto.

Cada qual no seu cada qual

— Vamos, Rachel, anda! Levanta dessa cama. Está um dia maravilhoso lá fora!

— Por que vocês fazem isso comigo? O que vocês têm contra mim?

— A ginástica.

— GINÁSTICA!!!!

A palavra ginástica saiu como se ela tivesse engolido uma coisa peçonhenta. Ignorei seu olhar de pânico e puxei a coberta.

— Nossa! Como você engordou de ontem para hoje! É o álcool. Vamos malhar e queimar tudo isso.

— Mas eu tô me sentindo ótima.

— Não é possível alguém se sentir ótima num quarto fechado, todo escuro, fedendo a cigarro e uísque. Olha as suas olheiras!

— Muitas?

— Duas. Negras e profundas.

Rachel se arrastou até a janela num esforço sobre-humano, abriu a persiana e lamentou sinceramente:

— Novembro é o pior mês do ano. Só faz dia lindo.

Eu corria pelo quarto fazendo alguns exercícios de aquecimento enquanto ela me olhava com seu olho de peixe morto.

— Pára de se mexer na minha frente que você tá me enjoando.

— Cinco minutos para levantar e botar a malha. Vamos, Rachelzinha, é pro seu bem!

Até a academia era um bom estirão. Rachel se arrastava quase pedindo clemência. O meu trabalho era desviá-la dos bares a resistir às cantadas.

• 243 •

– Só um chope pra lavar. Pensa comigo: A gente senta num bar, pede um chopinho e fica conversando. Não é bem melhor do que ficar pulando feito um bando de mico-leão? Esse negócio de ginástica, isso não existe. Essas pessoas de corpo bonito já nasceram assim.

– Chegamos, Rachel.

Não era nada agradável a minha posição de sargento, mas com ela não tinha outro jeito. Rachel levava a vida na flauta, sem nenhum rigor moral. Bebia muito, aprontava, se deprimia e engordava. Impossível! Diante da ameaça de extinção da nossa amiga, achamos por bem criar o programa "Salvem a Rachel", dividido em várias etapas. Estávamos pondo em prática a primeira delas: o exercício físico.

As malhas coloridas e os corpos trabalhados refletiam-se no espelho com quase total harmonia, não fosse por uma única pessoa que não conseguia se afinar com o resto do grupo – Rachel. Todos abaixavam, ela levantava, mãos pra cima, as dela pra baixo. Rachel suava, praguejava, resfolegava e eu comecei a me arrepender de tê-la trazido.

"Cada qual no seu cada qual", já diz minha sábia mãe.

Foi nos anos 1960, no Lido, que eu conheci Mário Mobília. O comentário da "esquina" era que ele vivia num apartamento que tinha recebido de herança dos pais, onde nunca se soube da entrada de móvel algum, um tosco banco, uma mesa, nada. Mário morava entre frias e brancas paredes. Não que não tivesse dinheiro pra comprar, mas toda a pensão que ainda recebia dos pais, aos 44 anos, era deixada em pontas, placês e duplas que jamais acertou no Jockey Club. Sabendo disso, a turma da esquina, que era terrível, porém solidária, se cotizou e resolveu doar ao querido amigo um colchonete. O presente foi entregue em domicílio com um belíssimo cartão assinado por todos. Passado alguns dias volta o presente com outro cartão lacônico e frio: "Não me adaptei. Obrigado, Mário."

Ficamos sabendo que o colchonete tinha tirado Mário do sério. Ele, que nunca tinha tido uma insônia, passou a acordar toda noite, após rolar pelo macio colchão, com pesadelos pavorosos de que caía do 15º andar do prédio se "estabacando" nas pedras portuguesas da avenida Atlântica.

Coisas da vida!

Por que eu tinha que tirar minha amiga gordinha da cama e obrigá-la a fazer ginástica?

Foi acabar o pensamento para ouvir um baque surdo. Rachel desmaiou.

– Rachel! Responde, não fica assim!

Nada. Não mexeu um músculo. A academia em polvorosa. As meninas traziam água e ela se recusava a se mexer. Não sei por que, de repente, eu estava gritando:

– Um chope! Tragam um chope! Quer mais alguma coisa, amiga?

Ela balbuciou sorrindo entre os dentes e piscando pra mim:

– Um Steinhaeger e, pelo amor de Deus, me tira daqui!

Se há uma coisa que mexe comigo
É colar meu umbigo na beirada do fogão
Fazer comida, alquimia
Encher a barriga vazia
Alimentar teu coração

Me deite em ervas porque sou do mato
Me dê a noite no vinha d'alho
Arrume a mesa, segure o prato
Que te curo males e te fecho os talhos

Nada como um amor bem ao ponto
Pra bem, pra mal
À vontade do freguês
Que ele me coma faminto
E que repita outra vez.

O que a gente não faz pelos amigos?

— Eu não agüento mais mulher! Eu estou de saco cheio! Essas megeras entram na vida da gente e acham que estão em casa. Trocam os móveis de lugar e deixam a gente batendo nas quinas. Eu vou parar com essa bobagem porque eu já vi que esse não é o meu talento.

Tôzinho tinha me convidado para jantar fora porque precisava desabafar com alguém. Mas não precisava me levar para o McDonald's, às sete horas da noite, no meio de um aniversário de criança. Quer conversar, conversa direito. A gente não se via há algum tempo e, de repente, o telefonema.

— Lembrei de você. Estou numa situação muito complicada... Quem sabe a gente conversando eu não consigo chegar a algum lugar?

Não chegaria. Ele estava radical.

— Mulher é um negócio inexplicável. Uma coisa feita pelo diabo. Você põe, ela dispõe. Você quer, ela não quer mais. Qual é a de vocês?

— Tôzinho, você se contenha porque eu não estou aqui defendendo a classe. Vim como sua amiga. Não vai ser me espremendo que as respostas para sua agonia virão.

— Desculpe... Desculpe... Quer outro hambúrguer?

— O terceiro, Tôzinho? Quer me arruinar?

— Eu gosto tanto dela, se ela ao menos soubesse. Mas a mulher parece que não quer saber de nada. Só me apresenta problemas. É o filho que nunca está onde deveria, o dinheiro que nunca chega, a mãe que não desencarna.

– A gente quando compra uma relação, a gente compra o pacote. Esse negócio de querer o outro só para os folguedos me parece muito imaturo.

– Pelo amor de Deus! Quem está falando em folguedos? Eu queria meio a meio. Você conhece o filho dela? Metaleiro. Me odeia! Só me chama de "testemunha", porque eu sou assim, caladão. A mãe, uma espanhola que nunca falou uma palavra em português porque acha um absurdo essa língua. Tô roubado!

– Você acha que dessa vez foi pra sempre?

O olho de Tôzinho ficou passeando pela lanchonete, solto, bobo, feito o olho de quem está sofrendo. Se eu pudesse saber o que se passava pela sua cabeça... Esse menino não tinha dado muito certo. Desde que a mãe casou com a melhor amiga, ele ficou meio esquisito. Essas coisas são muito engraçadinhas, mas filho não gosta disso, não. Foi uma puxada de tapete de que, até hoje, a duras penas, ele tenta se reerguer. Quando conheceu a mãe do metaleiro e, por que não dizer, a filha da espanhola, eu achei que finalmente a sorte lhe sorria. Um amor para aquele coração tão machucado. Mas nem sempre as coisas são como gostaríamos que fossem. Tôzinho continuava:

– Você conhece o ditado? Mãe louca, filho careta. Eu sou assim, não faço questão de beleza, só quero uma mulher inteligente, livre desses compromissos domésticos, uma mulher que saiba o que quer, me surpreenda e me instigue a ter uma vida mais autoral – suspirou exausto. – São essas as minhas fantasias femininas.

– Ela pode beber? – arrisquei timidamente a pergunta.

– E eu lá ligo pra isso? Nós vamos beber juntos.

– Vamos dar uma volta. Quero te apresentar uma pessoa.

Como é que eu não tinha pensado nisso antes? Às vezes as coisas ficam tão claras na frente da gente que a gente até fecha os olhos.

No fundo do botequim dava pra ver a cabecinha cacheada atrás dos livros. Ela, pra variar, devia estar trabalhando nas suas traduções. Seu Virgílio, o dono do botequim, se aproximou.

— Como é que ela está hoje? – perguntei para me certificar.
— Mansinha! Uma beleza!

Atravessamos as mesas e paramos. Houve, felizmente, uma grande troca de sorrisos.

— Rachel, quero te apresentar um amigo meu: Tôzinho. Ele hoje está meio triste, mas é um amigão.

— Adoro gente meio triste! Gente alegre me dá muito nervoso, fica se agitando na minha frente, não entra em quadro, eu sou baixinha e enjôo.

Vi pelo olhar que trocaram que tinha acertado no milhar. Nem cheguei a sentar. Inventei uma desculpa qualquer e me retirei para o meu sacrossanto lar. No céu, tenho certeza, mais uma florzinha nasceu no meu jardim. *I hope so!* Qualquer coisa, a gente fica sabendo pelos jornais.

Tudo provocaína
Coisa de menina
Tudo roça roça
E meus alqueires de roça

Ai de mim!
Que sou sozinha
De olhos compridos
Vizinha
Do outro lado da janela
Só eu, meu medo, e ela
Só nós duas ali de frente
Fiquei parada, sem fôlego
Fiquei pensando no pêssego
Fruta doce cabeluda
A *maja desnuda*
e Goya rindo de mim.

Me deu saudades da roça
Que roça?
Saudades do aipim.

Concordando com Mara Levi

Um dia chuvoso, a cabeça repleta de preocupações, nenhum táxi rodando pelas ruas do Rio de Janeiro, e aquele sentimento de desproteção que às vezes a vida sabe dar como ninguém. Pessoas se atropelam pela rua e nem pedem desculpas. Os guarda-chuvas são verdadeiras armas de combate. Mãos acenam para os carros amarelinhos numa histérica coreografia. Gritos, pedidos de clemência, rostos e corpos molhados e eles passando acelerados, rindo de nós.

– A senhora me desculpe, mas vi este táxi primeiro.

– O senhor está completamente enganado. Eu vi primeiro.

– A senhora larga que eu vou entrar!

– Não largo, nada!

A cabeça da motorista saiu pela janela e botou ordem na confusão.

– Vou levar a madame, que ela está mais prejudicada que o senhor.

Não a esperei reconsiderar. Entrei no carro e me encolhi no banco. Lá fora o homem continuava possesso:

– Vou reclamar com o guarda! – gritou ele.

– Vai reclamar com o bispo! No meu carro quem manda sou eu e isso aqui é território livre! Chama que eu boto teus meganhas pra correr! – dizia desaforada.

– Sapatona!

– Passa fora, pé furado!

E arrancou cheia de moral.

– A madame vai pra onde?

Perdi o rumo. Aquela discussão tinha me assustado a um tal ponto que a voz saiu com grandes dificuldades:

– Para o Centro.

– O Centro é vago. Aqui nós trabalhamos com ruas.

– Avenida Presidente Vargas.

Ela me observava pelo retrovisor. Diante da minha expressão de pânico, sorriu.

– Tá com medo? Fica não. Esses homens são tudo fraco. Cantam de galo, mas na hora que a gente parte pra eles, fica tudo mansinho. Comigo é assim. Tô no trânsito há 15 anos e nunca levei desaforo pra casa. Onde é que já se viu? Deixar uma mulher na rua, no meio de temporal, só porque o perna-de-calça tava com pressa. Pressa por pressa a senhora também estava. Parece que nasceu de cinco meses... Neguinho é fogo! Concorda comigo?

Gostei dela. Mulherzinha decidida. Consciente dos seus deveres e uma ótima administradora de sua empresa. Aquele táxi ia longe! Fiquei sabendo em poucos minutos que seu nome era Mara Levi, casada, 46 anos e, para arrematar, mãe de quatro filhos homens. O marido, aposentado por invalidez, havia, com muito sacrifício, comprado o táxi que servia para complementar o orçamento familiar. Os filhos estudavam e ela não queria ver filho seu metido na praça. Para eles a vida reservava o melhor!

Nem era preciso dizer, mas ela disse:

– Na minha casa, quem manda sou eu! Homem que me falta com o respeito eu advirto logo: "cuidado que pode haver uma desgraça!" Sei lá... Não gosto de respostas. Os meninos é tudo homem feito e a senhora sabe que a raiva cega! Cegou tá cegado, a gente não se controla mais. Dou de um tudo. O que pedir, eles têm. Faço qualquer sacrifício, mas não me venha com malcriação! Concorda comigo?

– A senhora está coberta de razão! – concordei prontamente.

O figurino de Mara Levi era imbatível. Trajava um conjunto safari em bege e na cabeça um chapeuzinho, desses de aba curta, com uma peninha do lado. Uma toalha de mão em volta do pescoço, que ela ajeitava enquanto me expunha seus excelentes métodos educacionais.

– Depois cresce e fica igual a esse homem de ainda há pouco. Um grosso! Que era aquilo? Então não viu uma senhora na chuva? Isso é falta de mãe. Por isso é que eu encarei. Homem eu defino assim: os que têm mãe e os que não têm. Concorda comigo? Pensei no meu filho. "Será que cederia o táxi a alguém?"

– Às vezes a gente ensina e eles não aprendem – lamentei.

– Não ensinou direito. Vai atrás de psicologia pra ver onde eles vão parar. – Deu um suspiro longo e dois breves. – Queria tanto ter tido uma menina... Os meninos nunca me fazem companhia...

Hesitou e perguntou de chofre.

– A senhora é feminista? Não! Porque eu fico vendo elas falarem da luta das mulheres, e sabe que eu gosto? Pelo menos alguém está reconhecendo e valorizando o nosso trabalho. Foi pensando nisso que eu fundei um bloco no conjunto em que eu moro. O nome é bonito: "QUEIMANDO AS CUECAS"! Todo ano sai a mulherada vestida de homem. Olaria balança! Foi uma forma que eu achei de prestigiar essa moçada. E depois, descobri que os homens adoram as mulheres vestidas de homem! Concorda comigo?

Pensei que teria que trocar meu guarda-roupa. Para Mara Levi, ele estava vencido. Quem sabe valesse a pena experimentar? Ela tinha tantas certezas...

Qualquer lugar é divino
Qualquer lugar é sagrado
Excesso/ escassez/ muito ou pouco
Qualquer lugar é comum

Mudar é privilégio da conquista
De quem trafega sem medo na avenida
Onde ficou seu passado
De onde virá tanta vida

Quando eu era criança
Minha mãe trançava meus cabelos
Como eu, crespos, grossos, belos
Rebeldes, cheios de esperança

O medo do futuro é minha trança
Mudar para mim é vertigem
Como quando deixei de ser criança
Como quando deixei de ser virgem

Meninas e meninas

Na porta do apartamento, entre outras inscrições, reinava a seguinte legenda: "É tudo boneca!" Nada foi comentado a esse respeito, mas mais tarde elas ouviriam de novo essas palavras. A porta entreaberta as deixou um tanto quanto preocupadas. Com um olhar cúmplice, empurraram e entraram no apartamento. Parecia uma tenda árabe. "Esses meninos!" Olharam mais atentamente e viram que estava desarrumado demais, parecia que tinha acontecido uma luta ferocíssima envolvendo aquelas almofadas indianas. As revistas de mulher pelada estavam todas com as páginas arrancadas, os incensos deixavam no ambiente um cheiro de velório. Elas olharam algumas fotos e pensaram: "Coisa de machão!" Como ninguém aparecia, deixaram um delicado e ansioso bilhete: "Esperamos os dois para o jantar de hoje à noite, conforme combinamos. O bobó está esplêndido. Não ousem faltar. Lilá e Vivi." E se retiraram do silencioso apartamento.

Tinham conhecido os dois num final de semana em Angra. Eles eram o máximo! Tocavam violão, cantavam todas as músicas de que elas gostavam, dançavam, era uma eterna disponibilidade para o prazer! O carro rodava pelas praias e lá iam eles em busca de novas aventuras. Estavam para o que desse e viesse.

– Oh, meu Deus! Será que, quando chegarmos ao Rio, nossas vidas vão continuar assim? – indagava Lilá, a mais velha. – Isso é um despautério! Tenho, pelo menos, 15 anos a mais que ele.

– Bobagem. Nós os conquistamos – replicava a triunfante Vivi. – Os meninos novos adoram mulheres experientes, mulheres que não custam nada para eles. Somos independentes e vencedoras. Quem há de recusar?

A volta ao Rio parecia um funeral. Elas tentavam animá-los, mas daquele mato não saía coelho.

– Assim que a gente chegar, vamos jantar e dançar – dizia Vivi tentando manter o clima.

Os meninos se olharam reticentes.

– Vamos ver... Vamos ver...

O silêncio inundava o automóvel.

O primeiro programa que conseguiram marcar foi uma semana após o animado *weekend*. Nesse meio-tempo, deles só tinham recebido o silêncio. Nem um sinal de fumaça sequer. E agora? Estavam envolvidas. Não era uma grande paixão, mas tinha sido bom e isso ninguém quer perder. O telefonema foi providencial. A secretária eletrônica registrava:

– Meninas, vamos nos ver? Estamos aqui mortos de saudade. Liguem para nós. Não nos abandonem.

Ligaram. O bar estava cheio, mas elas os localizaram da entrada. Ao lado deles, uma gordinha simpática falava e gesticulava muito.

– Gurias, queremos apresentar pra vocês a Matilda. Ela é quase nossa irmã.

Com a boca cheia de batata frita, Matilda sorriu e ganhou os corações. Foi uma noite memorável. Trocaram, finalmente, os endereços e fizeram promessas de união eterna.

– Vamos fazer um jantar para comemorar o nosso reencontro.

– Genial! – exclamava Matilda. – O quê? O quê?

– Um bobó de camarão – disse Vivi. Era sua especialidade.

E de novo os meninos caíram no silêncio eterno. Foi quando Lilá, a mais velha, resolveu ir até a casa deles e amarrar melhor a coisa. Por isso deixaram o animado bilhete. Aquele "virão ou não virão" as excitava bastante. O jantar foi preparado pessoalmente por Vivi, no maior esmero da comida baiana. Tudo pronto! A primeira a chegar foi Matilda. Preocupada. Algo havia acontecido e ela não queria dizer.

• 262 •

– Tiveram um probleminha, mas logo estarão aqui – disse olhando para o teto sem encarar as meninas.

Chegaram. Via-se pelo rompante da entrada que as coisas não estavam boas entre os dois. Não se falavam, não se olhavam, diria até que se evitavam. Um deles tinha o olho meio roxo. O ambiente estava meio carregado. Foi quando a esperta Matilda sugeriu:

– Por que não vão os dois juntos à cozinha ver o maravilhoso jantar que Vivi fez?

Eles foram e o silêncio entre elas chumbou nas paredes. Havia algo de muito esquisito que só Matilda sabia. Na cozinha, elas foram percebendo que um enorme "barraco" ia se armando. Dos sussurros aos gritos foi um pulo. Um deles gritava: "Você não vai levar essa experiência adiante! Só passando por cima do meu cadáver!" "Me larga!" "Me larga!" Matilda abriu o jogo:

– É tudo boneca! Essa briga está durando desde a viagem que vocês fizeram. Um morre de ciúmes do outro. Acho melhor pararem com essa mania de romance porque eles estão nervosíssimos. Isso é um casamento de anos. Já houve até tentativa de homicídio.

O porteiro do prédio das "meninas" nunca soube quem tinha posto aquela enorme panela de bobó de camarão na sua porta, mas consta que ele gostou muitíssimo.

Vida que me veio de graça
E de graça me encheu a vida
Não custa nada é de graça
A graça que acho na vida

Os desastres de Rachel

— Mas seu Virgílio, o senhor devia ter avisado há mais tempo. A que horas foi isso?

— Avisar como? Cada vez que eu me aproximava do telefone ela começava a ter um chilique e a quebrar tudo. Foi uma catástrofe.

O português estava desesperado. Falava tão depressa que eu mal consegui entender o que dizia. Só sei que, com muito esforço, eles a tinham trancado no depósito de bebidas.

— Depósito de bebidas, seu Virgílio? Não me parece sensato!

Até chegar ao tal lugar fui vendo o estrago. Era uma barbaridade. Louça quebrada, guardanapos espalhados, copos arremessados, era a ira de tubarão! Rachel andava de um lado para outro segurando uma garrafa de Steinhaeger que já estava pela metade.

— Misturou de novo, Rachel?

Insisti três vezes na pergunta. Ela me olhou como se não me conhecesse direito.

— Não vem, não! Não vem, não!

Procurei ser o mais doce possível.

— Querida, o que está acontecendo?

Através dos óculos fundo de garrafa o olhar de Rachel parecia um caleidoscópio de tanto que mexia na órbita.

— Mexo com cultura, acabaram com o meu emprego. Juntei um dinheirinho e você sabe muito bem quem levou. Fui chorar em casa, meu aluguel aumentou 500 por cento e vem aquela mulher do dente separado dizer que não tem inflação – estendeu um papel. – Olha a ordem de despejo! Tenho ou não tenho que misturar?

– Seu Virgílio, me traz um copo! – achei por bem beber com ela.

– E aquelas traduções que você estava fazendo para a revista francesa?

– A pornográfica?

– Era pornográfica?

– Então, não? No início, até me interessei, mas depois começou a complicar, a aparecer umas posições que eu não conhecia. Desisti!

– Por quê, Rachel?

– Não traduzo posição que eu nunca fiz!

Ela não estava errada e, sabendo disso, evoluía.

– Nesse país, a cultura é tratada como cenoura na canja. Só está ali pra dar um colorido. Se neguinho puder dispensar, dispensa! Eu quero, exijo – subiu na cadeira – liberdade para as anãs! Pra as mínimas, divididas e comuns!

– Desce daí que você vai cair! Quer gastar o pouco que tem com gesso?

Ela não entendia bem o que tinha acontecido. Quando o golpe é muito forte a gente custa um pouco a absorver. Como uma mulher como ela, com seu preparo, sua dedicação ao trabalho, podia ter perdido tudo de uma hora para outra? Lá estava minha amiga Rachel, chorando sozinha dentro de um bar, às três da madrugada, quebrando tudo, num total desamparo.

– Eu estou muito velha! Não agüento passar por isso! Sabe que idade eu tenho? – soluçou.

– A mesma que a minha – respondi, um pouco irritada.

– Você tem sentido uns calores pavorosos?

– Tenho.

– É a menopausa! – e desabou em prantos sobre a mesa. – Eu vou morar onde?

– Lá em casa.

• 268 •

– Naquela casa cafona, com aquele garoto insuportável tocando rock o dia todo?

– É o que eu posso oferecer, Rachel!

– Aceito.

Algo me disse que eu teria problemas, mas isso era para pensar depois. Eu andava pela rua trazendo Rachel do jeito que dava. Tentei animá-la.

– Rachel, você é uma mulher extraordinária!

– Mas nasci no Brasil...

Olhei pro céu e vi aquele sol, lindo, escancarado, cheio de esperança, nascendo feliz da vida. Apontei:

– Olha lá, tá vendo? Ele não pensa o mesmo que você.

– Me disseram que vai chover muito hoje à tarde.

– Rachel, você é chata...

Passeio calmante pela vida
Entro num bar
Leio o jornal
Sinto cheiro de coisas passadas
Ruas com amendoeiras
Ventanias nas calçadas
Moças bonitas, rapazes coloridos
Meio-fio, água podre, bueiro
Eu caminho a passos largos
Decoro marcas de carro,
Guardo placas
Fiscalizo sinais
Entro e saio de lojas cheias
Uma moça novinha pergunta onde comprei minha saia
Explico que ela é de época, da
Bibba
Ela faz "ah", visivelmente decepcionada
Concluo que ela não foi desse tempo
Concluo que ela não sabe de nada
E a rua continua seu desfile
Jogging, tênis, jaqueta
O uniforme da juventude
De gente saudável, careta.
É fácil prever que todos vão comer um "natural"
É fácil prever que nada mais é natural sobre a face da Terra
Nem o afeto que se encerra

Em meu peito varonil
Vou me mudar do Brasil
Morar na terra dos cínicos
Aderir aos químicos
Poliinsaturados yô yô!
De sinceridade yá yá!
Essa terra é o que há!
E o que se planta
Nunca dá
Apertar a bolsa contra o peito
Observar a solidão
Passar por ela
Imaginar novelas
Com um olho no santo
Outro no ladrão
Falta-me An affair to remember
Entre meados de agosto
Quase final de september
Vou ser Ester como Astaire
Top Hat-Picolinho
E eu de olho nos meninos!

Gosto das canções americanas.
Trilha sonora pra longos passeios
Para os curtos, aconselho músicas de roda
São simples, divertidas e não atrapalham o itinerário.
"Atirei o pau no gato" é ótima para ir ao jornaleiro
Se você for ao "Tororó", que é mais longa,
Aí, cuidado, você pode passar da banca.
Não é aconselhável, na rua, parar e ficar conversando...
Quer conversar, conversa em casa.

• 272 •

Na rua, não.
Perde-se muita coisa boa de se ver.
Na rua andam os heróis, os normais, os loucos,
As belas, as feras, as malvadas.
A rua é um conto de fadas
De uma história feliz
De quem mudou de calçada
De quem mudou de país.

Vivendo e aprendendo

— Foi Deus que te mandou aqui!

Rachel disse a frase com a porta entreaberta e lívida como uma folha de papel.

– Está acontecendo uma coisa horrorosa. Não sei como controlar e pressinto que terei problemas.

Atravessei a sala com sua mão agarrada à minha. Ela estava gelada e meio trêmula. Sorte ser um pequeno cômodo. Mais alguns metros e ela não agüentaria até o final. Paramos na porta que dava para a minúscula cozinha. Estava entreaberta. Ela empurrou e deparei com a terrível visão. Olhei para ela incrédula.

– O que significa isto?

– Não sei. Ele está assim há horas.

Parado, encostado ao fogão, estava um homem, se é que podemos chamar "aquilo" de homem. Ele sacudia a cabeça e dizia frases desconexas. Usava uma bermuda desfiada nas pernas, por sinal grossíssimas e depiladas, e a camisa amarrada na cintura. Os cabelos compridos cobriam parte do rosto e os olhos pintados de Kajal revelavam restos da pintura da noite anterior. No chão, uma garrafa de bebida, todas as míseras panelas da minha amiga com água e velas dentro, acesas. Um monte de pipoca estalava sobre o fogão. Um espetáculo dantesco!

– Quem é? – perguntei atônita.

– Uma bicha, I presume – disse, britanicamente, Rachel.

– Incorporada?

– Incorporada – confirmou.

• 275 •

– Como é que essa bicha veio parar aqui?

– É o faxineiro que contratei. Ele costuma trabalhar no prédio. Tive as melhores indicações.

– E desde quando esse apartamento precisa de faxina?

– Pára! Não vai brigar comigo agora. Não tá vendo que eu estou nervosa?

Ele nos viu. Deu uma gargalhada diabólica e partiu pra cima de nós. Corremos e nos trancamos no banheiro.

Rachel batia os dentes e implorava.

– Canta um ponto. Canta que isso sobe!

– E eu sei lá cantar ponto! Não sei cantar nem bingo.

– Isso é santo?

– Isso é uma santa, tá boa?

– O que a gente faz? – urrava a pobre.

– Primeiro, vamos nos controlar. Segundo, eu não posso ficar presa nesse banheiro, porque sou asmática e vou ter uma crise já, já.

No lado de fora coisas aconteciam. A santa andava de um lado para o outro e gritava para nós.

– Tem duas monas no banheiro! Sai daí mona! Sai que eu tô danada! Cadê o "aqüé"? Nesse "ilê" não tem "aqüé"? Eu quero "malafa"!

– "Desaqüenda", mona!

Rachel se olhou no pequeno espelho do banheiro.

– Espelho, espelho meu. Por que tudo acontece comigo? Logo hoje que Tôzinho vem jantar aqui. Por isso que chamei o faxineiro. Queria que tudo estivesse limpinho e ele se sentisse bem aqui em casa – fungava a pobrezinha.

– Vai dar tudo certo. Nós vamos conseguir. Quando ele se distrair eu saio e vou chamar um homem. A bicha é grande.

Se aquele santo fosse mais confiável eu bem que pediria pra ele dar uns passes naquela casa. Aquilo estava muito carregado! Nada dava certo. Parecia olho grande.

A bicha continuava.

– Eu quero o "aqüé". O "aqüé".

Perguntei o que era aquilo porque, se fosse uma coisa viável, dentro das nossas posses, a gente dava. Queria me ver livre daquele constrangimento. Mas Rachel é ignorante...

– Deve ser um pato.

– Que pato?

– Pelo som, "aqüé", só pode ser um bicho. Um marreco.

– E lá tem pato nessa casa?

Ela desanimou.

– Só nos resta rezar!

– Esqueceu que você é comunista e não sabe nenhuma oração. Você é atéia!

– Pára! Essa coisa lá fora está nos desunindo.

De repente, o silêncio. Abri a porta do banheiro e, olhando de um lado para o outro, vi que estava tudo calmo. Saí pé ante pé, deixando Rachel trancada. Peguei a porta e corri pelas escadas. A portaria estava deserta. Gritei pelo porteiro em altos brados. A trama se adensava e eu tinha que pôr um ponto final nessa história. Demorou séculos até que o velho viesse de dentro da garagem arrastando as vassouras.

– Seu Sabará, pelo amor de Deus! Tem uma coisa incorporada na casa da minha amiga. O que é aquilo?

Seu Sabará me olhou com uma cara desconfiada, como se já soubesse do que se tratava.

– Uma bicha?

– Enorme.

– É o Adilson. E aposto que está aplicando o golpe do aqüé. Ele faz isso sempre. É que ela é nova aqui e não conhece.

– E o que é isso?

– "Aqüé", dona, é dinheiro. Ele quer dinheiro. Aqui ninguém nem liga mais. Às vezes, até dão. Vamos lá...

– Seu Sabará, olha que eu sou vivida e escolada, mas essa modalidade de assalto, para mim, é inteiramente nova.

Nós, que amamos tanto
Homens e seus olhos de santo
Nos trairão como um Judas
Por trinta dinheiros
Por trinta nada
Só por mais uma cantada

Mulher esse mundo tão louco
Imprevisível e abstrato
Nem tentem, rapazes audazes
Saberão de nós muito pouco
Por mais que sejam capazes

Inferno na torre

— Alô, é da recepção? O senhor pode me dizer o que está acontecendo?

— Um dilúvio, minha senhora. Não adianta nem descer daí que a senhora não vai conseguir chegar à rua.

— Mas moço, eu estou sozinha aqui, no 17º andar. Não tem perigo de acontecer nada?

— Não saia daí que pode haver corte de luz e a senhora fica presa no elevador.

— E a escada?

— Pior ainda, não há nenhuma entrada de luz e a senhora ficará perdida no breu e...

O telefone ficou mudo.

Foi o primeiro aviso daquela longa noite de horrores que haviam preparado para ela. Tentou se acalmar fumando um cigarro. Era seu último fósforo. Pensou que, se estivesse em sã consciência, jamais teria aceitado ter como escritório um apartamento no 17º andar de um *apart-hotel* esquisito e precário como aquele. Tentou ir até a janela, mas o pavor de altura não permitiu nem que abrisse a vidraça. Ficou feito uma imbecil olhando a cortina d'água, que, se ela estivesse relaxada, seria até bonita. Resolveu tentar de novo o telefone. Funcionava.

— Moço, o que é que eu faço?

— Fica aí. Não adianta a senhora descer. Não tem como passar e as ruas estão inundadas. Não passa nada.

– Dá pra vir alguém aqui em cima e trazer um fósforo pra mim? Não há ninguém no meu andar. Eu estou sozinha aqui em cima e estou com medo.

– Como é que eu vou largar a recepção para levar um fósforo para a senhora? A senhora nem tem idéia do que está acontecendo aqui em baixo. O mensageiro deu um pulo no bombeiro aqui do lado, para ver se vem algum soldado dar uma olhada nos fios da telefonia. Estão quase em curto.

– Há perigo de incêndio?

O telefone voltou a quebrar antes que o histérico rapaz respondesse. Meditou profundamente sobre o que estava ocorrendo e chegou à conclusão que estava perdida. Ligou a televisão, mas só havia jornal-catástrofe. Rezou. Fechou os olhos e pediu a todos os santos que a protegessem. Pensou na sua casa. Deveria estar tudo bem. Abriu os olhos, mas foi como se não o tivesse feito. Uma escuridão profunda. Demorou algum tempo para entender o que havia acontecido. Aquela escuridão... ela não podia ter ficado cega de uma hora para a outra. Tinha acabado a luz. Ela não sabia o que seria pior: no 17º andar, no dia do maior temporal registrado nos últimos tempos, sem luz, sem telefone, sem fósforo, sem vela, louca pra fumar, à beira de um ataque de nervos. Resolveu que ia relaxar. Deitou no chão e resolveu lembrar velhas posições de ioga. Pulsação e respiração! Ótimo calmante. Conseguiu fazer umas... duas. Levantou com uma asma pavorosa. Epa! Mas que barulho é esse? Ela não queria acreditar. O barulho crescia a cada segundo. Chegava mais perto. Ela tinha identificado. Era uma sirene de bombeiro. Gelou. O prédio estava pegando fogo! O que iria fazer? Ninguém sabia que estava lá. Só o imbecil da portaria, que não a tinha acudido nem com um palito de fósforo. Ela não queria morrer sozinha, queimada, numa noite de temporal. Tinha muita coisa pra fazer, muito a dizer, sentir, escrever, aprender, desaprender, dar, tomar, gritar, falar baixinho, muito desaforo engasgado na garganta, muito elogio inibido... Meu Deus! Que morte inglória!

Repreendeu a si mesma:

– Pára de falar besteira! Não vai acontecer nada. É tudo fruto de sua imaginação!

Mas a sirene continuava, agora na porta do prédio. Dava para sentir

– Só vou pensar em coisas boas! Nos filhos! Vai ver saíram todos na rua e... caíram num bueiro, foram arrastados pela correnteza.

O melhor era parar de pensar bobagem. Começou a gritar. Abriu a porta que dava para um buraco negro e gritou timidamente:

– Tem alguém aí? Por favor! Gente, socorro!

Só o silêncio respondeu. Ela insistiu, agora mais determinada.

– Socorro! Socorro!

Lembrou que, ao alugar o apartamento, tinha escolhido um lugar bem alto e isolado, onde não houvesse barulho nenhum. Ela estava pagando. Sabia que abaixo havia pelo menos uns seis andares desabitados. A coitadinha chorou muito. Fez muita promessa. Prometeu muita vela, muita boa ação, muita paciência com os outros e foi por tudo isso que a luz voltou. Ela desceu os 17 andares como se fosse uma cópia vulgar do Papa Léguas. Em menos de dois minutos estava na portaria do prédio, onde não havia nem sinal de bombeiro. Passou pelo rapaz da recepção, o do fósforo, e lhe deu uma sonora banana. Atravessou a cortina d'água e cantou na chuva. Todos corriam e ela ria, ria muito e ninguém entendia. Todo mundo querendo se abrigar e ela querendo, como Ofélia, descer na correnteza. Pulando, gritando, ameaçando tirar a roupa, se sentindo inteiramente livre.

– E foi assim, seu delegado, foi justamente nessa hora que os senhores chegaram e recolheram a pobrezinha, inteiramente maluca no meio da rua. Mas o senhor é um homem experiente e sabe perfeitamente que essas coisas acontecem. Dá pra aliviar?

Rascunho
Empenho do certo
A casa, o teto
Meu jeito de rima

Três irmãs
Uma prima

Comer de boca aberta
Boca de despejo
Sempre alerta
Bandeirante do desejo

Morar do outro lado da rua

Que faz história, esquina
Trotoir de moça nua
Renoir de moça fina

Fazer meu pincel de lança
Uns Sanchos, outros Pança
Dom Quixotes, transeuntes

Os mesmos que cruzo aos onze
Os mesmos que vejo aos "quases"
Quase nada, quase vinte

E assim fui rimando vidas
Tratando, fechando feridas
Secando o pus da alma

Até a vida ser louca
E um simples beijo na boca
Devolver o mistério da calma

E quando em mim houver cinzas
Me espalhem ao vento vadio
Às tontas, às tolas, às zonzas
Na boca de quem tem fome
Na boca de quem tem cio.

Sumário

5 - Fragmento do poema *Para Sarita*; 1998

9 - O LADO DO CORAÇÃO

11 - Fragmento do poema *Boca a boca*; dez. 1995
13 - Festa é festa; fev. 1990
17 - Fragmento do poema *Siomara*; dez. 1998
19 - *Waiting*; 14 jul. 1990
23 - Fragmento do poema *O meu buraco*; s/d
25 - Um leão por dia; dez. 1989
29 - Poema à toa; 1981
31 - *What's new*; jun. 1990
35 - Fragmento do poema *Doce mocidade*; dez. 1994
37 - Ela, a atriz e a personagem; out. 1990

41 - A TRANSEUNTE DO AR

43 - Fragmento do poema *Catumbi*, estrofe II; 1981
45 - Assim era a Urca; jan. 1990
49 - Fragmento do poema *Verdades do coração*; fev. 1998
51 - Decapitando os camarões; ago. 1990
55 - Fragmento do poema *Margarida sensual ou Maria e o açafate de flores*; nov. 1994
57 - O espírito do porco; fev. 1991
61 - Fragmento do poema *Margarida sensual ou Maria e o açafate de flores*; nov. 1994
63 - Ligue-mãe (e arrependa-se logo após); abr. 1991
67 - Fragmento do poema *Em vida véritas*; nov. 1995

69 - Pra sempre no meu caminho; nov. 1990

73 - Fragmento do poema *Catumbi*, estrofe I; 1981

75 - Se é pecado sambar; mar. 1990

79 - Fragmento do poema *Por onde piso*; out. 1995

81 - A gente nunca esquece; jun. 1990

85 - Fragmento do poema *Catumbi*, estrofe XII; 1981

87 - Achadas e perdidas; dez. 1990

91 - Fragmento do poema *Era uma vez*; 1995

93 - As meninas do Encantado; nov. 1990

97 - Poema *Meus oito anos*; s/d

99 - Toda quarta, pela janela; jun. 1990

103 - Poema *Minha amiga, amiga minha*; nov. 1994

105 - Aos amigos, tudo!; mar. 1990

109 - E, QUEM SABE, DE REPENTE, UM AMOR?

111 - Fragmento do poema *Babilac*; 1987

113 - Homem *sweet* homem; ago. 1990

117 - Poema *Micagem*; 1984

119 - O pomo da concórdia; set. 1990

123 - Fragmento do poema *Catumbi*, estrofe XI; 1981

125 - Às quatro e dez da tarde; fev. 1991

127 - Fragmento do poema *Poeminha completo*; 1983

129 - O "g" da questão; mar. 1990

133 - Fragmento do poema *Catumbi*, estrofe X; 1981

135 - Nascida para servir; jul. 1990

139 - Poema *Do outro lado do vidro*; 1986

141 - Uma pequena fábula; jul. 1990

145 - Poema *Paixão urbana*; 1983

147 - Um caso de rotina; jan. 1990

149 - Fragmento do poema *Catumbi*, estrofe VIII; 1981

151 - Marion, Marion; nov. 1989

155 - Poema *Carência efetiva*; 1985

157 - Carência efetiva; abr. 1990

161 - Fragmento do poema *Catumbi*, estrofe IX; 1981
163 - Lambada e sorte; jan. 1991
167 - Poema *Oração alucinada*; mar. 1996
169 - A gente faz qualquer papel; mar. 1991
173 - Poema *Poetas abstratos*; jun. 1985
175 - Adivinhe o que ele faz?; mar. 1991
179 - Fragmento do poema *Catumbi*, estrofe IV; 1981
181 - Arme e efetue; out. 1990
185 - Fragmento do poema *Catumbi*, estrofe V; 1981
187 - Pra machucar seu coração; set. 1990
191 - Fragmento do poema *Em vida véritas*; nov. 1995
193 - "Breaking hearts"; mar. 1991
197 - Poema *Quem sabe, quem sabe?...*; 1994
199 - O sorriso da malvada; maio 1990
203 - Poema *Não sei se estou sendo clara*; 1983
205 - Faça seu jogo; mar. 1991

209 - A GRAÇA QUE ACHO NA VIDA

211 - Poema *Louca de louça*; 1978
213 - Rapaz perigoso; nov. 1989
217 - Poema *Primavera/Verão*; 1985
219 - As irmãs da Borralheira; dez. 1989
223 - Poema *Muitos anos de vida*; 1998
225 - Momento delicado; fev. 1990
229 - Fragmento do poema *Amigos*; 1999
231 - Em busca do 38 perdido; dez. 1990
235 - Fragmento do poema *Que me perdoe Camões*; dez. 1994
237 - Vida de cachorro; fev. 1991
241 - Poema *Maladie d'amour*; 1987
243 - Cada qual no seu cada qual; dez. 1989
247 - Fragmento do poema *A cozinha maravilhosa da
     Maria Carmem Barbosa*; dez. 1994
249 - O que a gente não faz pelos amigos?; ago. 1990

253 - Poema *Poeminha a Lesbo*; 1984
255 - Concordando com Mara Levi; set. 1990
259 - Fragmento do poema *Boca a boca*; dez. 1995
261 - Meninas e meninas; ago. 1990
265 - Poema *Gargalhadas do luar*; 1999
267 - Os desastres de Rachel; maio 1990
271 - Poema *Via vida urbana*; dez. 1994
275 - Vivendo e aprendendo; set. 1990
279 - Fragmento do poema *Não tão sentimental*; fev. 1998
281 - Inferno na torre; de abr. 1990
285 - Poema *Epitáfio*; fev. 1997

Este livro foi impresso na Editora JPA Ltda.,
Av. Brasil, 10.600 – Rio de Janeiro – RJ,
para a Editora Rocco Ltda.